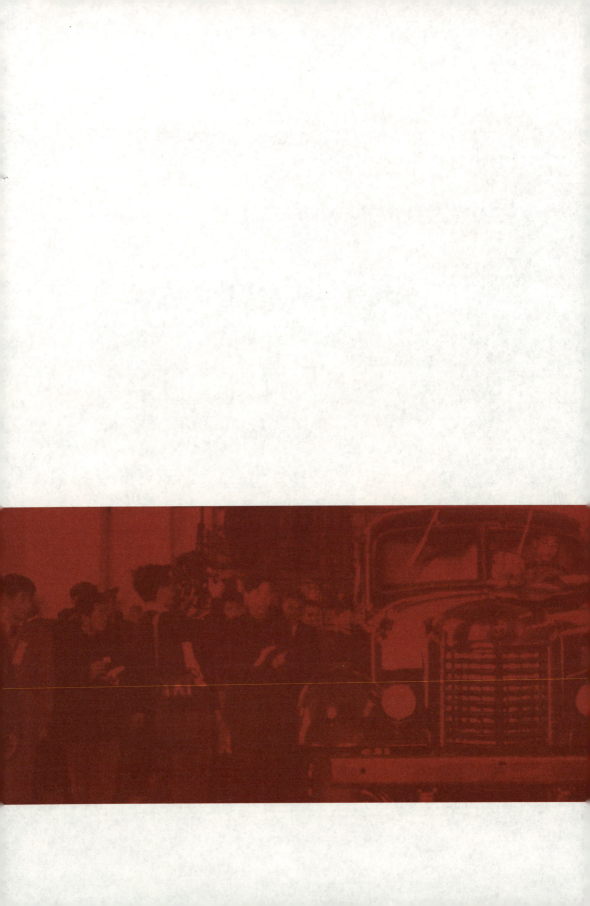

程继隆 ◎ 著

新中国汽车工业的摇篮

三地三摇篮系列丛书

吉林人民出版社

出 品 人：常　宏
选题策划：吴文阁
责任编辑：刘子莹
封面设计：上层品牌


图书在版编目（CIP）数据

新中国汽车工业的摇篮 / 程继隆著. —— 长春：吉
林人民出版社, 2023.12
　（三地三摇篮系列丛书）
　ISBN 978-7-206-20178-3

　Ⅰ.①新… Ⅱ.①程… Ⅲ.①报告文学—中国—当代
Ⅳ.①I25

中国国家版本馆CIP数据核字(2023)第231672号

# 新中国汽车工业的摇篮

XINZHONGGUO QICHE GONGYE DE YAOLAN

著　　者：程继隆
出版发行：吉林人民出版社
　　　　　（长春市人民大街7548号　邮政编码：130022）
印　　刷：吉林省吉广国际广告股份有限公司
开　　本：720mm×1000mm　1/16
印　　张：23.25
字　　数：280千字
标准书号：ISBN 978-7-206-20178-3
版　　次：2023年12月第1版
印　　次：2023年12月第1次印刷
定　　价：68.00元

# 赓续红色血脉
# 激发奋进力量

　　红色是中国共产党最鲜亮的底色，红色资源是中国共产党艰辛而辉煌奋斗历程的见证，是最宝贵的精神财富和精神力量。党的十八大以来，习近平总书记反复强调要用好红色资源，赓续红色血脉，努力创造无愧于历史和人民的新业绩。2020年，习近平总书记在视察吉林时指出："吉林有着光荣的革命传统。抗日战争时期，在极其恶劣的条件下，杨靖宇将军领导抗日武装冒着零下四十摄氏度的严寒，同数倍于己的敌人浴血奋战。牺牲时，胃里全是枯草、树皮、棉絮，没有一粒粮食，其事迹震撼人心。解放战争时期，'三下江南''四保临江''四战四平''围困长春'，党领导人民军队在这里奏响一曲曲胜利凯歌。在抗美援朝战争中，吉林人民也做出了重大贡献。要把这些红色资源作为坚定理想信念、加强党性修养的生动教材，组织广大党员、干部深入学习党史、新中国史、改革开放史、社会主义发展史，教育引导广大党员、干部永葆初心、永担使命，自觉在思想上政治上行动上同党中央保持高度一致，矢志不渝为实现中华民族伟大复兴而奋斗。"① 这是习近平总书记对吉林为中国革命做出巨大牺牲和伟大贡献的充分肯定，也为我们弘扬践行伟大革命精神，指明了前进方向，增添了奋进动力。

100多年来，在中国共产党的坚强领导下，吉林人民为保卫和建设这块红色热土，前赴后继、不怕牺牲，进行了波澜壮阔、艰苦卓绝的英勇斗争，谱写了一曲曲感天动地、气壮山河的英雄赞歌，涌现出无数可歌可泣、真挚动人的红色故事，留下了大量不可复制、不可替代的革命文物与红色遗址遗迹。按照党史学习教育领导小组的安排部署，我多次到吉林省参与指导党史学习教育工作，其间走访参观了省内颇具代表性的红色遗址遗迹、纪念馆、博物馆等，对吉林的红色资源、红色文化有了更深刻更直观的感受，也深切体会到吉林省时刻牢记习近平总书记的重托，以强烈的"答卷意识"和"赶考精神"，充分用好丰富鲜活的红色资源，创造性开展各项学习教育活动，着力汇聚起推动吉林全面振兴全方位振兴的磅礴力量。特别是吉林省

---

① 习近平：《用好红色资源，传承好红色基因，把红色江山世世代代传下去》，载《求是》2021年第10期，第17页。

提炼概括的"东北抗日联军创建地、东北解放战争发起地、抗美援朝后援地，新中国汽车工业的摇篮、新中国电影事业的摇篮、中国人民航空事业的摇篮"六大红色标识，更是为传承红色基因、赓续红色血脉提供了最直接最生动最鲜活的教材。

"三地三摇篮"红色标识集中体现了吉林红色资源的鲜明特色、独特品质、丰富内涵，凝聚着吉林人民艰苦奋斗、牺牲奉献、开拓进取的伟大品格。读史明智，知古鉴今。组织编写"三地三摇篮"六卷本丛书，是尊重革命历史、传承红色文化的需要，是从党的历史中汲取智慧、启示和力量的需要，更是用党的历史教育广大人民群众的需要。

阅读这套丛书，我们可以看到，九一八事变后，为了挽救民族危亡，在中国共产党的领导下，东北抗日联军爬冰卧雪、吞絮食草，英勇战斗、前赴后继，在白山松水、林海雪原中，以挑战人类生存极限的顽强意志与日本侵略者殊死搏斗14年，沉重打击了日本侵略者的嚣张气焰，挺起中华民族不屈的脊梁，用鲜血和生命谱写了惊天地、泣鬼神的爱国主义篇章，铸就了具有"忠诚于党的坚定信念，勇赴国难的民族大义，血战到底的英雄气概"的东北抗联精神，成为中国共产党人精神谱系的重要组成部分。我们可以看到，抗战胜利后，东北成为国共两党争夺的焦点，中国共产党领导的东北民主联军（后称东北人民解放军），在两种命运、两个前途的决战中，来不及拂去满身征尘，来不及揩干伤口血迹，便用吉林大地上一系列重大战役吹响了全国解放的号角，谱写出一曲曲新民主主义革命的胜利凯歌。我们可以看到，在抗美援朝战争期间，吉林人民凭着对党的忠诚和必胜的信念，无私奉献、舍生忘死，举全省之人力、物力、财力提供战勤保障，保证了抗美援朝战争的最后胜利，践行了伟大的抗美援朝精神，成为抗美援朝的"钢铁后方"。我们可以看到，作为重要的老工业基地，吉林省见证了新中国工业的成长，为新中国经济建设做出了不可磨灭的贡献，特别是国家"一五"计划重点建设项目之一的中国第一汽车制造厂，以第一辆"解放"牌卡车的诞生，结束了中国不能制造汽车的历史，中国汽车工业从此翻开了崭新的一页。我们可以看到，作为新中国第一家电影制片厂，长春电影制片厂（简称"长影"）为时代立像、为人民放歌、为民族铸魂，长影的影片影响和激发了几代中国人的电影情结和爱国情怀，从长影走出去的艺术家遍布全国，长影的发展史，就是新中国电影的发展史。我们可以看到，在烽火硝烟中成立的东北民主联军航空学校，是中国共产党领导下的人民军队创办的第一所航空学校，培育出了新中国第一代空战精英，为中国空军的不断发展壮大孕育了第一批精良的种子，在人民空军的历史上写下了光辉的一页，并形成了以"团结奋斗、艰苦创业、勇于献身、开拓新路"为核心内容的东北老航校精神。

　　阅读这套丛书，重温百年以来吉林大地所经历的风云激荡的革命、建设和改革历程，人们会感受到清晰的历史足音、有力的时代脉动、澎湃的革命精神，有利于激发斗志、凝聚人心、增添干劲，引领吉林人民为在中国式现代化进程中推动吉林全面振兴取得新突破而攻坚克难、砥砺前行，取得一个又一个胜利。

　　潮涌催人进，扬帆再启航。当前，我们已经踏上了实现第二个百年奋斗目标新的赶考之路，能否向历史、向人民交出一份优异的答卷，坚定的历史自信极为重要。红色资源向我们所传递的，不仅是党的百年辉煌成就和历史经验，更是激励我们秉承历史荣光、创造新的伟业的号召。弘扬以伟大建党精神为源头的中国共产党人精神谱系，必将鼓舞我们更加自觉地坚定历史自信、筑牢历史记忆，继承革命传统、传承红色基因，赓续吉林文脉，踔厉奋发、勇毅前行，为全面建设中国式现代化新吉林、推进新时代吉林全面振兴率先实现新突破而团结奋斗。

朱虹

2023 年 7 月

# 目 录
Contents

# 第一章

## 中华民族的造车梦

　　中国是拥有五千年历史文明的东方大国，我们的祖先曾经发明创造了丰富的物质文化，给中华民族的文明史增添了耀眼的光彩。然而，每当我们回忆起中国近代史，尤其是中国汽车制造业的前世今生，都不禁为先人的探索和民族工业的艰难历程而感慨。

　　清朝末期的洋务运动，一些有识之士曾经提出制造汽车的设想，并付诸实践，对民族汽车工业的创立进行了有益的探索和尝试。然而，由于缺少先进组织的领导和先进技术的支持，这些探索和尝试最终都功败垂成。

　　新中国成立前，马路上跑的几乎全是外国车，有人甚至把中国的马路戏称为"万国汽车博览会"的展台。中国人多么希望有自己的民族品牌，有朝一日能够坐上中国人自己生产的汽车！

## 汽车的历史溯源

　　车，作为陆地上的运输工具，是人类物质文明发展到一定阶段的重要标志之一。车的变迁，可谓与人类的生产生活息息相关，具有时代特点，代表着一种文化追求和生活品位。从它的由简到繁、由人（畜）力到机械、由慢到快……它的每一步变化发展，都标志着人类的文明和进步。

关于车这种交通工具的出现，最早准确的时间已无从考证。古代将士们驰骋疆场多是骑马，因此历史上留下了许多骑士与烈马的传奇故事。后来，为了满足出游或战争的需要，人们发明了马（或牛、驴）拉的两轮车，这可能是中国历史上出现的车的雏形。这一考古发现可见于出土的秦兵马俑和许多雕刻壁画上。

截至目前，关于车最早的文字记载是《荀子·解蔽》："奚仲作车。""奚仲，夏禹时车正。黄帝时已有车服，故谓之轩辕。"轩，就是古代一种前顶较高而有帐幕的车子，供大夫以上者乘坐。屈原《离骚》中"屯余车其千乘兮，齐玉轪而并驰"所描述的就是士大夫乘车出行的情景。杜牧的《阿房宫赋》曰"雷霆乍惊，宫车过也""车骑塞巷，宾客盈座"，又是另一番场景。辒，乃古代兵车之一种，四轮车，上蒙以生牛皮，下可容十人，又能往来运土填堑，以攻城为主要任务。辒车，是古代的一种卧车。辌车，则是古代一种有帷盖的大车，既可载物，又可做卧车。《后汉书》载："云辌蔽路，万有三千余乘。"总之，古人颇具聪明才智，发明的车目繁多，且这些"座驾"多象征着达官显贵的身份和地位。尽管，这些车多为畜力拉车。

到了汉代，四川民间出现了"鸡公车"，其系硬木制造，长 4 尺，车架安设在独轮两侧，由一人掌扶两个车把推行，有时也可前拉后推，载人载物均可。车子虽小巧，载重量却可达二三百千克。"鸡公车"因系独轮着地，所以无论平原山地、羊肠小道皆可畅行无阻，是一种胜过人力担挑和畜力驮载的，既经济又实用的交通工具，是人类交通史上的一项重要发明，至今还在发挥余热，在我国偏僻的乡村小路，或者城市的建筑工地仍有它的身影。日本学者在研究自行车发明史时，认为中国汉代的"鸡公车"就是自行车的始祖。

早期汽车的原型

三国时期，诸葛亮六出祁山时，在陕西省汉中市勉县黄河镇发明了"木牛流马"的交通工具。罗贯中在《三国演义》第102回曾交代过此事，题作"司马懿占北原渭桥，诸葛亮造木牛流马"。"木牛流马"比"鸡公车"前进了一大步，它可以爬坡上坎。靠着它，成都平原出产的粮秣才得以连续翻越"猿猱欲度愁攀援"的蜀道。

试想，如果那些发明秦汉战车和"鸡公车""木牛流马"的古人生活在今天，一定也会是顶级汽车专家。古老的中华文明给我们中国历史增添了无限风光。

到了近代，由于封建制度的腐朽落后，中国被西方世界远远地甩在身后，开始了漫长的屈辱历史。19世纪初，西方国家开启了轰轰烈烈的工业革命，社会飞速发展，开始了从农业文明向工业文明过渡的时代。而我们这个曾经有过无数发明创造的国家，在清朝末年，却已是千疮百孔、风雨飘摇……帝国主义穷兵黩武，坚船利炮直指积贫积弱的中国。西方列强在对我国领土进行军事侵略的同时，在经济、科技、文化上也开始了侵略渗透。

18世纪60年代，当大清帝国还在闭关锁国的时候，西方已经完成了第一次技术革命。英国人瓦特在已有蒸汽机的基础上，发明了高效能蒸汽机，它的出现和广泛使用，推动了人类机械化进程，同时，也带动了世界汽车制造业的萌生。

汽车为何物，概言之，其是装备动力、自行推进的轮式道路车辆。汽车的诞生，最早应追溯到 1885 年。那年，一个叫卡尔·本茨的德国人，将他发明的四冲程发动机安在了一辆三轮大车上，把它开到大街上，后来，人们便把这种新奇的发明叫"汽车"。可就在同一时代的地球另一边的中国，交通工具却仍然是两千年前的牛车、马车和独轮手推车。不要说跟西方国家比了，就是跟孔子当年周游列国时坐过的车比，也没有多少实质性的进步。

落后就要挨打。西方列强的大炮向中国猛烈开火，外国军队接二连三地涌进中国的大门。清政府软弱无能，纷纷割地赔款，先后签订了《南京条约》《马关条约》《辛丑条约》等一系列不平等条约，中国一步步地沦为半殖民地半封建社会。1842 年，清政府和英国人签订了《南京条约》之后，上海被迫开埠，割了租界给洋人。讲究享受的洋人从海外倒腾来不少洋货。一天，在上海的黄包车和老虎车行列里出现了两辆跑得飞快的怪物，它既不用人推，也不用马拉，却疾驶如风。

原来，这就是最早出现在中国大地上的汽车，把它们弄到中国来的，是一个名字叫李恩时的匈牙利人。这两辆汽车是"奥茨莫比尔"牌的，模样跟马车其实也差不多，车轮的轮条也像当时的马车那样是木头做的，而轮胎则采用了实心的橡胶。车前边有两盏煤油灯，车喇叭是靠手捏橡皮球来吹响的。当它们跑在 1901 年的上海街头的时候，引起的震动是可想而知的。李恩时将汽车开上大街，顿时轰动了整个上海滩，人们纷纷争睹它的模样，有大胆的上前触摸，李恩时猛摁喇叭与其开玩笑，吓得围观者夺路而逃。李恩时一踩油门，汽车发动起来，越跑越快，在人们眼中像飞一样。凡是看到这一场景的都心绪难平，不亚于见到了外星人。后来，李恩时向大清国申请牌照，可当时公共租界的工部局都不知道这两个稀奇古怪的玩意儿为何物，直到 1910 年，上海《申报》还把汽车称作"火轮车"。

进口第一辆汽车的中国人是袁世凯。清光绪 28 年（1902），慈禧 67 岁大寿，袁世凯花巨款买来了一辆木质敞开式小轿车，这辆车是 1893 年美国杜里埃兄弟公司生产的，虽然外形留有 18 世纪马车的痕迹，但车子的底盘却首次采用了防震技术，乘坐十分舒适。它是今天中国现存的最古老的汽车。辛亥革命后，它作为皇宫遗产，被从故宫移入颐和园，供游人参观。

由于中国封闭的大门打开，上海成了资本主义国家竞相倾销商品、获取高额利润的远东最大贸易商埠，而汽车则是获利最高的商品。所以欧美国家为争夺市场，便纷纷向上海倾销汽车。那时驻足上海街头，你便能看到雪佛莱、福特、顺风、道奇、克雷斯纳、雪铁龙、雷诺……全世界的名牌汽车应有尽有，上海也就有了"万国汽车博览会"之称。

民国时期行驶在街上的外国汽车

从那个时候开始，上海的汽车数量逐年增加，主要集中在租界里。据统计，1908年达到119辆，1920年增长到1899辆，1927年则增长到5328辆。

上海是著名的港口城市，造船业进入中国比汽车早了整整半个世纪。中国的第一批汽车修理工人就是从造船业改行过来的。那时修车的"个体户"常常背着个挎包，里边装着修车用的工具走街串巷，所以人们戏称他们为"背包铜匠"。这便是中国最早的汽车产业工人的身影。

辛亥革命以后，中国少数沿海城市陆续出现汽车客运和汽车货运。1913 年，全国经济委员会成立，督导公路建设，拨款让地方修路，鼓励民办汽车运输，将公路建设列为政要之一。1917 年，当时中国第一条汽车运输线路张（家口）库（伦，今蒙古乌兰巴托）公路通车。到 1927 年，全国公路总长已达 29170 千米，1934 年成立公路委员会，统一路政，开展省际联运。由此到抗日战争爆发之前的这一时期，可以说是中国汽车运输业日趋繁荣的年代，出现了一批官办和民营的出租汽车公司和公共交通汽车公司。

## 往事不堪回首

中国要建立民族汽车工业，这是中华儿女的夙愿。这个愿望的最早提出者，是中国民主革命先行者孙中山先生。1920 年，他在《建国方略》中提出："……最初用小规模，而后用大规模，以供四万万人需要。所造之车当用于各种用途，为农用车、商用车、旅行用车、运输用车等。一切车以大规模制造，实可较今更廉，欲用者皆可得之。"

　　将造汽车愿望付诸实践的应属著名的爱国人士张学良。据载，1926 年 6 月，张作霖在奉天（今沈阳）成立迫击炮厂。1928 年，张学良在东北"易帜"，认为全国统一后要"化兵为工"，拟试制汽车。张学良先在迫击炮厂内成立工业制造处，后改为附属民生工厂，拨款试制汽车。当时民生工厂有职员 30 人，工人 177 人，共 207 人，聘美国人迈尔斯为

中国生产的第一台"民生"牌汽车

总工程师，还雇用了几名外国工程师。1929年3月，民生工厂进口了一辆美国"瑞雪"号汽车进行装配、试验。后将该车拆卸、测绘，对部分零部件另行设计制造。历时2年，于1931年5月试制成功第一辆汽车，定名为"民生75型"。"民生75型"载货汽车可装载1.8吨货物，适于城镇使用；工厂曾计划制造另一种为100型的货车，可载2.7吨，适用于路面较差的乡村使用。可惜的是，九一八事变后，正在制造的"民生"牌汽车全部落入日寇之手。

1932年12月，由山西太原兵工厂改建的山西汽车修理厂，仿照美国"飞德乐"牌汽车，试制成装载量1.5吨的汽油载货汽车一辆，定名为"山西"牌。到1933年夏，该牌汽车行驶约1.8万千米，各部件运转良好。此后，1936年曾筹建中国汽车制造公司，并于1937—1939年间用进口的散件组装出约2000多辆柴油汽车。

中国汽车工业的历史其实就是中华民族的命运史缩影，从中国汽车人艰难地跨出第一步起，中国汽车工业就和国家的荣辱兴衰紧密地联系在了一起。

在中国汽车工业发展史上，有两个举足轻重的人物，不可不提。

其中一人，名叫支秉渊，生于1897年，浙江嵊县（今嵊州市）人，1920年毕业于上海南洋公学电机科，是近代中国机械工业奠基人之一。他毕业后在一家洋行里当电机工程师。1925年，上海发生了震惊世界的"五卅惨案"，帝国主义列强血腥屠杀罢工工人。支秉渊一怒之下退出洋行，不再为洋人做事，他和6个同学一道创办了新中工程公司，取意"新中国"的意思，立志要让中国的汽车安上自己的发动机。这个愿望不知道遇到过多少挫折，直到1937年才得以实现。那一年，他所在的公司终于生产出了35马力的柴油机。

应该说，当时中国的汽车工业已经破土萌生。也是在1937年，中国汽车制造公司在上海宣告成立。我们知道，改革开放后的上海桑塔纳轿车是引进了德国大众公司的技术。有趣的是，1937年的中国汽车制造公司也走了一条引进外国技术的道路，合作伙伴也是一家德国公司。当时制订了分三步走的计划：第一步先由德国本茨公司提供散件进行组装，第二步是逐步将零部件国产化，第三步就是自己生产真正的国产整车。就在那一年，这家公司的总工程师张世纲亲自驾驶着定名为"本茨式中国号"的柴油汽车，从上海出发到昆明。使人惊讶的是，据说这辆汽车沿途有什么油就用什么油，如花生油、桐油等，翻山越岭，却从未发生过故障。

在那战争年代，日本帝国主义烧杀抢掠，天上的飞机在狂轰滥炸，上海市区蹿起了滚滚浓烟，人们在惊恐地奔逃，大厦在爆炸中轰然倒塌，被轰炸过的街道上到处是可怕的尸首，失去亲人的儿童在哭，一些难民涌入租界寻求避难。一些中国的汽车厂把运不走的生产设备转移到了租界，更多的中国汽车公司和生产设备则和难民一道开始了颠沛流离的大逃亡。支秉渊的新中公司先把工厂搬到了武昌，但很快武汉就失守了。他又把工厂搬到长沙，但国民党政府却在日本人打进来之前来了个"焦土政策"，一把火烧了长沙半座城。新中公司只好再次内迁到祁阳。即便是在这样动荡的岁月里，支秉渊和他的同事们仍然以德国 MAN 公司的产品为样品，生产出了 65 马力的柴油发动机。

支秉渊主持生产的汽车，即便是在当年也是够简陋的。由于战时物资紧缺，连车轮胎都只好用木头箍上铁圈来做。1942 年，支秉渊就是驾驶着这种汽车，从湖南出发，跨越了广西、贵州和四川的崇山峻岭，驶抵重庆。这件事在当时的重庆引起了很大震动，有人在《大公报》上撰文，称支秉渊为"中国的福特"。然而，1944 年日寇占领了祁阳，新中公司的汽车厂被夷为平地，一代中国人的汽车梦就这样破碎了。

山河破碎，身世浮沉。20 世纪 30 年代，中国民族汽车工业在外国资本的压迫下和军阀混战中艰难前行，然而这株幼苗却被日寇的铁蹄残酷地践踏了。

日本人为了侵华战争的需要，搞起了"以战养战"，中国的汽车工业当然也难逃魔爪。日军占领东北以后，便将生产"民生"牌卡车的民生工厂占为己有，改为日本汽车工业在满洲的子公司。这家公司是当时伪满洲国唯一的一家能生产整车的工厂，直接为侵华日军的军事运输服务。

日本人占领了天津后，开设了南开工厂，垄断了天津市的全部汽车配件制造行业，天津原有的汽车配件业统统倒闭。1937年，日本人在上海成立了华中振兴公司，垄断了包括上海、杭州、南京等七个城市的全部公共交通和运输业。

躲入租界的中国汽车业和制造设备，当然也全部被日本人抢走，就连外国人的公司也不能幸免于难。英、美等国的商行或关闭或被没收。柴油机被统统拆下安在了军用船只上，其他设备也被洗劫一空。抗战后期，广大沦陷区的汽车修配业也随着日军的节节败退、燃料和物资的日益匮乏而日见萎缩，到1945年日本投降的时候，几经劫掠、破坏，所剩无几。

1945年8月，抗战胜利了。这时欧洲各国的实力被削弱，美国跃为世界头号强国，开始向中国大量倾销二战时期的过剩汽车。上海市场上充满了美国倾销的汽车，仅1947年在上海的汽车修理商行就有176家。

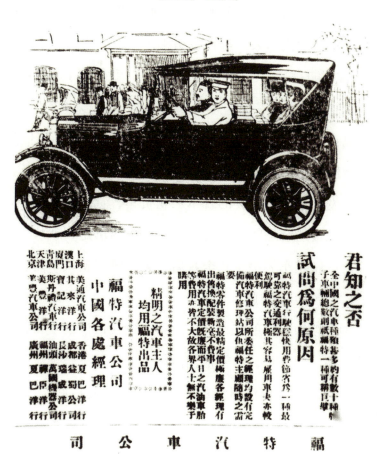

美国福特汽车在华广告

第二个人，名叫黄植，生于1914年，湖南长沙人，毕业于长沙楚怡工业学校，中国机械工程专家。1946年，黄植被国民政府派到天津，去接收日本设在天津的丰田自动车北支株式会社的汽车配件厂。战后的华北地区，满目疮痍，一片凄凉。黄植看着眼前的一切，暗暗发誓要用自己的双手造出中国的汽车来。可当黄植提出在这个厂造整车的时候，当时的日籍厂长却连连摇头，说："我们用了八年的时间也没造出汽车来，你们怎么可能制造出汽车来呢？"黄植对他说："那时候我们中国人是在你们的刺刀和皮鞭下干活，谁会为你们卖力气呢？现在我们是为自己干！"他们在工厂角落里发现了一辆报废的日本三轮货车，觉得它不仅制造简易，也很适合当时的国情。于是，黄植决定，就从生产这样的三轮汽车入手。几个月后，第一辆三轮汽车制造出来了，取名"飞鹰"牌。

黄植以为这样的好事肯定会得到国民政府的支持，就到处找相关的官员，希望他们能批准生产并下拨继续开发和生产的经费。可没料到的是，他处处遭受白眼。于是，黄植带人驾驶着自己制造的汽车一路颠簸来到了南京，希望借着蒋介石六十大寿的机会送一辆车给蒋，以期引起新闻界的重视。可当黄植见到南京公路局局长时，局长对此却不屑一顾。最后，黄植几人总算说动了当时的财政部部长宋子文，宋答应给他们拨出50亿法币的生产费。一年时间过去了，1947年的秋天，这50亿法币才拨付到位。此时国民政府已经穷途末路，物价飞涨，货币贬值，工厂不得不关门了。

大概这就是中国的汽车人，它们在新中国成立前为了圆国家的汽车梦所做的最后一次努力……

## 国民经济需要汽车

1949 年 12 月，新中国刚刚成立两个多月，中央人民政府主席毛泽东前往苏联访问，商讨合作。访苏期间，毛泽东和斯大林就《中苏友好互助同盟条约》的签订与苏联援助中国建设一批重点项目进行了会谈。在参观斯大林汽车厂时，那一座座高大的厂房，一辆辆驶下装配线的汽车，给毛泽东留下了深刻的印象，他对随行的同志说："我们也要有这样的工厂。"1950 年 2 月 14 日，中苏敲定了一批苏联援助中国建设的重点工业项目，共 50 项，其中就包括建设汽车厂项目。随后，第一汽车制造厂的建设被列入我国第一个五年计划，成为 156 项重点工业建设项目之一。

1950 年 1 月 10 日，中央人民政府重工业部副部长刘鼎把当时的汽车设计专家、时任重工业部技术室主任、后

莫斯科斯大林汽车厂 ZIC-110 轿车生产线

来的一汽副厂长孟少农叫到办公室，郑重地对他说："形势的发展比你估计的要快，我们有一定的工业基础，国民经济需要汽车。"这年的 3 月，就在重工业部下成立了"汽车筹备组"。该组的主要工作有两方面，一方面是调查研究，调研过去有关汽车和汽车工业的情况，作为制订发展汽车工业计划的基础。另一方面的工作是集结和培养技术骨干。至此，中国要发展汽车工业的喜讯迅速传遍全国，一场声势浩大的汽车工业建设的人民战争即将打响。

新中国成立初期的汽车工业，是一个千疮百孔、支离破碎的烂摊子。抗战后期，日本人在投降前就把较好的汽车修配设备运走了，留下的厂房和设备都惨遭破坏。新中国汽车工业的家底不过是一堆破铜烂铁。中国汽车工业几乎是一穷二白，举步维艰。当时，全国的汽车工业实际情形是：天津刚解放时，全市剩下的修车作坊不过 30 家。南京和武汉的汽车厂被国民党军队劫往柳州。而北平（今北京）从事汽车修配业的工人不过 500 来人，北京汽车制造厂的前身原是一支代号为"409"的侵华日军流动汽车修理部队。北平沦陷后，日本人将其改名为"北平汽车修理厂"。1948 年人民解放军包围北平，驻扎在这个厂里的国民党第十三军，对厂房、设备，甚至办公桌椅都进行了大肆破坏，并强迫工人将机器设备拆卸运往城内卖掉。

上海虽然是中国汽车工业的发祥地，可新中国成立前夕号称远东最大的利威汽车公司也只有工人 80 人。另一家公交修造厂，虽然还剩下 200 来人，可每月也只能修 20 辆车。1949 年 6 月的《汽车机料》杂志记载，当时全中国仅存汽车配件厂 97 家，其中，职工在 200 人以上的配件厂不过 10 多家。然而，中国的汽车人就是在这样的境况下筚路蓝缕，白手起家，艰苦创业。

巩固新生的人民政权，需要汽车工业；建设社会主义新中国，需要汽车工业。

中国革命胜利了，新中国诞生了，人民当家做主了。

此时，迅速医治战争创伤，加速建设社会主义国家，是摆在全党、全国各族人民面前的首要任务。1950 年，以美国为首的一些帝国主义国家悍然发动了侵略朝鲜的战争，并且把战火烧到了我国的鸭绿江边。为了保家卫国，成千上万的中华好儿女雄赳赳气昂昂地跨过鸭绿江，与朝鲜人民一道，开始了伟大的抗美援朝战争。

1950 年，抗美援朝战争打响了。战争需要有力的后勤保障，汽车成了急需的军用物资，可我们志愿军入朝的全部汽车数量，最多的时候也仅仅有 4000 辆左右。在这样的情况下，我们的志愿军和援朝民工只能采用解放战争时的办法，靠人扛，靠马拉，推着小车运送弹药给养，用担架抬伤员。就是在这样的条件下，中国人民打赢了这场战争，创造了世界战争史上以弱胜强的奇迹。

建设祖国，需要汽车工业；保卫祖国，更需要汽车工业。就是在这样的特殊历史背景下，中共中央开始谋划大规模经济建设问题，首次提出了编制国民经济发展计划的设想。会议决定，自 1953 年起实行发展国民经济的第一个五年计划。

第一个五年计划，简称"一五"计划（1953—1957），是在党中央领导下制定的，经全国人大一届二次会议审议通过。"一五"计划主要任务有两点，一是集中力量进行工业化建设，二是加快推进经济各领域的社会主义改造。在工业化建设方面，"一五"期间的主要任务是：集中主要力量，发展重工业，建立国家工业化和国防现代化的初步基础。

"一五"计划是我国编制的第一个中长期规划，它寄托了当时人们对现代工业的向往与憧憬，诉说着新中国工业化建设起航的那段激情岁月。尤其可喜的是，新中国制定和实施"一五"计划时，就决定创建我国自己的汽车工业，并将第一汽车制造厂的建设列为156项工业项目中的重点项目。

坚冰已经打破，航路已经开通，道路已经指明，蓝图已经绘就。一场轰轰烈烈、前无古人的汽车工业大会战即将打响，勤劳勇敢的一汽人将书写最为壮美的丽卷华章。

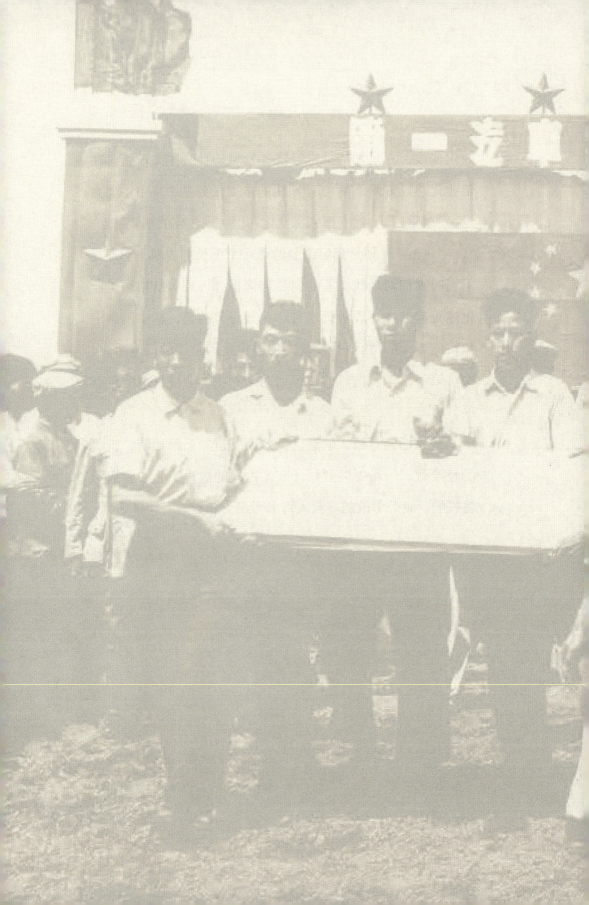

第二章

摇篮的孕育与诞生

"新中国汽车工业的摇篮"，是吉林凝练的红色标识，指的是现中国第一汽车集团有限公司，通称"一汽"，目前是国有特大型汽车企业集团。一汽1953年7月15日破土动工，1956年7月13日，第一辆国产汽车——"解放"牌卡车在一汽下线。作为共和国的"长子"，一汽也为其他汽车建设做出了贡献，从此，结束了中国不能大批量生产汽车的历史，一汽也被誉为"新中国汽车工业的摇篮"。

## "652"厂的来历

新中国成立前，我国没有汽车工业，各种汽车均靠进口。新中国成立后，党中央和国家领导人对汽车工业的建设高度重视。1950年3月27日，中央重工业部设立了"汽车工业筹备组"，着手筹建我国的汽车工业，汽车工业筹备组办公地点最初设在北京灯市西口原工程师学会会址内。

筹备组成立初期的主要工作是征集建设汽车工业所需的技术干部，开始酝酿汽车厂建设方案，并派出人员至保定、石家庄、榆次、太原、平遥、太谷、临汾等地选择厂址；接收一批原有的汽车修配厂，其中包括北京、天津、济南、武汉、南京等地原属军事系统的汽车修配厂，以及哈尔滨、

重工业部汽车工业筹备组暑期实习班合影

长春、北京等地的坦克修理厂；组织技术力量迅速恢复基础设施，并发展汽车配件生产；保证抗美援朝战争中军用汽车配件的需要；组织全体工作人员开展政治学习，并组织高校毕业的同志进行汽车拆装实习，之后分至各厂进行生产实践。

1952 年 4 月，重工业部开始为汽车工业筹建"652"厂。"652"其实是一汽的保密代号，当时，"652"厂也被称作"长春汽车厂"。这两个名字伴随一汽一年多，直到 1953 年 6 月，毛主席为一汽奠基题词，一汽才有了后来的名字"——长春第一汽车制造厂"。

刚刚成立的汽车工业筹备组，围绕"652"厂的筹建，进行了 10 个方面的工作。

一、与苏方洽谈建设第一汽车制造厂的具体方案。苏方由斯大林汽车厂负责我国第一汽车制造厂的设计及包建工作。

二、进行调查，选择厂址。

三、根据苏联专家提出的大纲，组织力量，调查勘测和收集进行工厂设计所需要的全部资料。其中包括：当地的气候、地形、地质、水文、交通运输、资源、动力、城市建设、文化教育、医疗卫生、工业及农业基础、生产及基建材料来源，等等。这些为规划设计第一汽车制造厂以及合理布置协作配套网点提供了科学根据。

苏联专家涅克拉索夫向工人讲解安装冷却塔构件

四、进行第一汽车制造厂设计，在汽车工业筹备组下成立了专业的工厂设计机构——设计室。设计室下设综合（总体布置）、工艺、土建、设备动力、采暖通风等组，除了为苏联设计第一汽车制造厂提供配合，组织翻译一汽初步设计、技术设计，除完成施工期间用的锅炉房等辅助工程设计外，还翻译了苏联机械工程书籍，并在苏联专家指导下完成了752厂（后未建）、618厂（坦克修理厂）的设计，以及哈尔滨和瓦房店轴承厂扩建设计等。1953年以后，设

苏联专家和一汽副厂长郭力（右一）审查建厂模型

计室发展成专业的汽车、拖拉机、轴承工厂设计机构，即第一机械工业部设计总局北京分局，以后又分为若干个专业设计院，其中包括现在长春的机械工业第九设计院。

五、成立汽车实验室，主要目的为积蓄技术力量、培养产品设计及工艺人员。配合一汽建设翻译苏联的汽车技术资料，进行苏联吉斯及嘎斯等车型的结构分析。从国民党遗留的库存物资中，收集可用设备，如螺旋伞齿轮机床、CFR 辛烷值试验机、材料试验机以及汽车配件，开始培训制造工艺及设计试验技术人员。根据恢复汽车配件生产的需要，测绘当时国内各种牌号汽车的配件，制定了统一的技术标准。1954 年，汽车实验室扩大为汽车拖拉机研究所。1957 年，汽车拖拉机研究所又分为两个研究所。汽车研究所迁至长春宽平大路，拖拉机研究所迁至洛阳，至今仍为汽车及拖拉机工业的主要产品科研机构。

六、征集技术力量，来源主要是华东及西南等地航空及汽车界的技术人员，许多高校的大学机械系应届毕业生及少数归国留学生。他们到达汽车筹备组后，先分在计划科、汽车实验室、设计室、技术处等部门工作，"652" 厂成立后，大部分调到 "652" 厂直接参加建厂工作。

七、1951 年，在长春成立 "652" 厂筹备处，不久改为 "652" 厂。

八、在积极筹建一汽的同时，对生产汽车所需的各种原材料，如钢铁、橡胶制品、煤、电等统筹规划，分别布点，同步进行建设。为各种汽车配件，如轴承、化油器等新建或扩建了一批专业工厂。

九、在筹建汽车生产基地的同时，筹建了培养汽车技术人才的基地。在长春筹建了"汽车拖拉机学院"，后发展为吉林工业大学。在长春南湖附近建立了培养中级技术人员的"长春汽车制造学校"及培训技工的"汽车技工学校"。

十、随着我国国民经济的恢复、工农业生产的发展，原国家重工业部分为冶金、建筑、地质、石化、机械等工业部。1952 年，成立第一机械工业部（汽车工业划归新设的第一机械工业部）。汽车工业筹备组改为汽车工业管理局。

第一汽车制造厂是由苏联援助建设的，关于建厂进度，在苏联汽车拖拉机工业部、全苏汽车拖拉机设计院编制的汽车厂初步设计中，没有提出具体的意见。中方的意见是 4 年建成：1953 年 1 月至 1956 年 12 月，进行修建和设备安装；1956 年 7 月至 1957 年 3 月，进行试车及运转，而后正式投入生产。主要设备与主要辅助设备由苏方提供，施工、安装及运输由苏方派专家协助指导，人员培训采取苏方派专家来中国进行培训与中方派实习生赴苏实习的方法结合进行。

汽车厂的同志在火车站送别一汽赴苏实习生

1952 年 10 月，孟少农在莫斯科与苏联汽车拖拉机工业部对外联络司司长古谢夫会谈，协商一个共同的建厂进度。古谢夫表示，苏方的工作是按 3 年完成的进度安排的，希望中方的时间安排能与苏方保持一致，集中力量建好这个厂。

1953 年初，孟少农回到北京，向第一机械工业部汽车局局长张逢时汇报了苏方对第一汽车制造厂建设的修改意见：把生产能力不足 3 万辆的补齐至 3 万辆，并预留发展一倍的条件来增加投资；建厂时间由 4 年提前到 3 年。他还带回了经苏联汽车拖拉机设计院审查同意的 3 年建厂进度表。张逢时局长认为，增加一些投资，但能保证年产 3 万辆也值得，将来再发展也有了基础。而且，能提前一年建成出车，意义重大。但是，提前一年建成汽车厂有没有可能？他们一边研究一边向第一机械工业部汇报情况。黄敬部长对苏方的建议极为重视，经过讨论后决定请示国家计委。国家计委领导认为这一改动涉及国民经济的许多方面，事关重大，要第一机械工业部考虑直接向中共中央报告。

1953 年 5 月 27 日，第一机械工业部党组向中共中央提交报告，详细介绍了苏方的建议和汽车厂的筹备情况。报告中指出："按我部现有力量，4 年完成犹有困难，3 年完成更无把握；但不按苏方 3 年进度进行，亦有若干需要考虑之处。"报告具体说明了如不按苏方建议进行，将会带来进口设备积压和专家延聘等一系列问题。报告最后说："我们如能够提前半年或一年完成此项工程，可以培养力量，取得经验，以便迎接 1955 年、1956 年开始的更多基本建设工程。"

中共中央十分重视第一机械工业部党组的报告，把这份报告提交政治局会议进行讨论，会上，政治局领导同志一致支持汽车厂 3 年建成出车。中央政治局会议之后，1953 年 6 月 9 日，毛泽东主席亲自签发了著名的《中共中央关于力争三年建设长春汽车厂的指示》（以下简称

《指示》）。

《指示》完全赞成 3 年建成第一汽车制造厂的建议，肯定了缩短建设时间对国防建设、经济建设的重大意义。实事求是地指出我国技术落后，又没有经验，要在 3 年内建成这样大规模的工程，无论施工力量的组织还是施工技术，都将会有很大的困难，"因此，中央认为有必要通报全国，责成有关部门对长春汽车厂的建设予以最大的支持，力争 3 年内建成"。并具体规定："目前所需的技术干部和行政管理干部，中央组织部应迅速尽量予以调配；将来该厂需要国内制造的设备，各企业应尽量予以优先制造，并切实保证质量；在材料和物资供应上，国家物资分配应优先予以调拨，交通部门应保证及时运输。"《指示》对党的工作、政治工作也提出了明确要求，要求"东北局和长春市委对长春汽车厂的建设，应经常进行严格的检查和监督，加强该厂的政治工作，在全体职工中进行关于建厂任务、建厂意义的教育，发挥全体职工的积极性和创造性"，学习先进经验，掌握技术，切实保证工程质量与按时完成工程计划。并指出："第一机械工业部党组每月应将长春汽车厂的建设情况向中央做一报告，重大问题应随时报告中央。"中共中央专为一个工厂的建设发出文件，这在党的历史上还是第一次，充分表明了中共中央对建设第一汽车制造厂，发展我国汽车工业的关怀与支持。全国支援第一汽车制造厂的建设，是这一文件的中心思想，"三年建成"是中共中央的战斗号令。

《指示》下达后，第一机械工业部立即着手拟订 3 年建厂的进度计划，以便协调、统一行动，完成 3 年建厂的任务。

1953 年 6 月 17 日，援建一汽的苏联专家组组长希格乔夫抵达北京，中苏双方对 3 年建厂的进度计划进行了认真细致的讨论与研究，做了必要的补充和修改，商定了一个共同的建厂进度计划，并上报中共中央。

一汽厂长饶斌（左）与苏联援建一汽总专家希格乔夫（右）在研究工作

1953 年 7 月 15 日，是一汽奠基典礼的日子。由毛泽东
主席亲自题写的"第一汽车制造厂奠基纪念"的汉白玉基石
被安放在厂区中心广场上。

## 汽车缘结长春

1950 年 4 月，中央人民政府成立重工业部汽车工业筹
备组，开始酝酿汽车厂建设方案，进行大量的选址工作。
最初曾考虑武汉、北京、沈阳、包头等地，根据工作组的
选址工作汇报，并经过综合考虑，1951 年 1 月 3 日，政务
院批示，吉斯制造厂（指一汽）设于东北长春附近。

1951 年 1 月 18 日，财经委员会听取了重工业部"关于
建设汽车厂"的汇报。根据当时的战略考虑，决定厂址定
在东北，在四平至长春之间选择。经对四平、公主岭、长
春三个城市的人口、城市规模、供电能力、交通条件及地
理环境等方面的调查分析，最后将长春市孟家屯车站铁路
以北作为第一个厂址选择区。该区域地处东北三省中心，
有着丰富的矿产资源、较为雄厚的工业基础，且京哈铁路
紧邻厂区，尚有可利用的车站和敌伪遗留下的房屋。用水、
用电及交通运输方便，建厂较为便利，可节省开支。将第

一汽车制造厂设于长春，既便于建厂时大量设备的输入，也便于投产后就近利用东北的钢铁、煤炭、木材、水电资源，可为工厂建设和发展提供便利条件。

第一汽车制造厂在长春孟家屯车站西侧兴建

1951年3月19日，财经委员会正式下文批准，第一汽车制造厂在长春孟家屯车站对面、铁路以北的石虎村兴建。日本侵略者在石虎村实行残酷统治，这里曾经是日本侵略者占领东北时用来残害中国人的细菌工厂，造成村民流离失所，十几里土地早已是一片荒芜，仅剩一片断垣残壁。

1953年7月15日，第一汽车制造厂奠基，在这片荒无人烟的土地上，一汽从此与长春结缘并落户扎根。勤劳勇敢的一汽人在全国人民的支持下，仅用 3 年时间就建造了一座宏伟的汽车城，中国汽车工业的摇篮在这里诞生。长春，这座以农耕文明为基础的中国传统城市，从此快速地进入了工业化发展进程。

## 一汽奠基与题词

一汽的建设与发展倾注了毛泽东等老一辈无产阶级革命家大量的心血。从工厂建设到题写厂名、给产品命名，他们都倾注了精力和心血。

1949 年 12 月，中华人民共和国刚成立不久，毛泽东主席在访问苏联期间，斯大林汽车厂给他留下了深刻的印象，他同苏方领导人商定，由苏联援助中国建设一座现代化的载货车制造厂。

在筹建汽车厂之初，人们曾比照苏联的情况，将工厂称为“毛泽东汽车厂”。1952 年 4 月，在筹建汽车厂时，亦称“长春汽车厂”。开工典礼前，厂领导曾向中共中央建议，请毛泽东主席为汽车厂奠基题词。1953 年 6 月下旬，周恩来总理向毛泽东主席报告了汽车厂即将动工兴建的消息，并请他为汽车厂奠基题词。他听到这个消息很高兴，挥毫写下了"第一汽车制造厂奠基纪念"11个遒劲有力的字。这幅题词同时也告诉我们，中国汽车工业的建立是毛泽东等老一辈革命家筹划和决策的，而且宣告中国的汽车制造不走苏联的老路，不但有第一，还要有第二、第三……要建立起自己的汽车自主工业体系。

毛泽东同志为一汽奠基题词

1953年7月上旬，第一机械工业部汽车局派人将装有毛泽东主席题词的密件送到汽车厂。时任郭力副厂长秘书的刘培善是全厂第一个见到奠基题词的人，当看到题词时，他都不敢相信自己的眼睛，兴奋得跳了起来。当工人们得知毛泽东主席为汽车厂题词时，都高兴得流下了幸福的泪水。他们是多么期盼这个题词啊！这不仅是题词，更是对一汽人的鼓舞。郭力副厂长立即通知办公室，马上选最好的汉白玉，请最好的石匠来镌刻题词。于是厂里派人到长春市大理石厂选购质地精良的石材，邀请了当时长春市技艺最好的石匠来完成这项工作。因题词是用毛笔书写，字体不大，要按比例放大到奠基石上镌刻有难度，于是领导将放大样工作交给了有工作经验的吕延彬同志，接到这项任务，吕延彬感到十分光荣，非常激动。

此时，离工厂奠基只有三天的时间。吕延彬拿着毛泽东主席的题词认真读帖时发现，"第一汽车制造厂"的"制"

刻有毛泽东题词的第一汽车制造厂奠基石

字头两笔的笔画重叠在一起了，可能是在书写过程中墨迹所致。经请示上级领导同意，他仔细揣摩字体的特点进行了处理。之后，他用幻灯机将题词按照奠基石的尺寸投影到墙上的白纸上，同比例放大，他在白纸上打满了小方格，一笔笔小心描临，生怕失去毛泽东主席的笔力笔锋。用这样的方法，将题词描临到长 2 米、宽 1 米的奠基石上，再由石匠精心镌刻，题词终于圆满镌刻完成。

## 一个难忘的日子

1953 年 7 月 15 日，这是一个好日子。它是第一汽车制造厂奠基的日子，也是中国汽车工业奠基的日子。为确保一汽奠基典礼顺利举行，一汽专门成立了奠基典礼筹备委员会，由厂长饶斌、厂党委书记顾循担任主任。筹委会下设六个组：会务组、接待组、宣传组、保卫组、后勤组、翻译组，组长均由筹委会委员或各部门的领导担任。各组根据工作需要先从本单位抽人，如果确实需要再增加人时，由筹委会协调解决，以保证典礼各项筹备工作有秩序、高效率地进行。

六名青年党员护送汉白玉基石

一汽奠基典礼举行日期由于天气缘故多次变动，原定于1953年7月初举行，可是从7月1日起就阴雨连绵，无法进行。当时与长春军用机场和军队航校气象站联系，请对方尽量提供较为准确的天气预报。后来北京和长春军用机场的气象预报基本一致。他们都预测到7月15日上午天气晴朗，听到这一消息，大家喜出望外，厂领导最后把一汽奠基典礼时间准确定为1953年7月15日上午。这一天，长春市晴空万里，风和日丽，天遂人愿，奠基典礼进行得十分顺利，典礼在中午12点左右结束。据当事人回忆：正当大会工作人员组织清理现场，还没来得及拆除主席台和两侧大幅标语牌时，天气骤变，雷电交加，大雨滂沱。人们心里感叹：真是"天佑一汽呀"！

一汽奠基典礼重要日程之一就是要把雕刻有毛泽东主席题词的汉白玉基石安放在施工现场。确定由厂党委办公室、厂党委组织部负责推荐6名年轻的共产党员抬汉白玉基石。考虑到汉白玉基石较重，人少抬不起来，气氛不够，人多又过于拥挤，很难步调一致。于是，厂党委组织部提出了一个推荐名单，最终从中选定由6名年轻共产党员负责。为做到现场抬汉白玉基石万无一失，6位同志进行了多次实地演练，确定个人位置，协调统一动作。典礼开始前，他们6人提前进入会场，在指定地点待命。为保证出场效果，厂里给他们统一配备了短袖白衬衣，他们6人在大会统一指挥下，圆满地完成了这一光荣的任务。

在一汽奠基典礼上还做了两件有意义的大事。一是在一汽奠基典礼大会上宣读"第一汽车制造厂奠基典礼大会上毛主席书"；二是集体签字"第一汽车制造厂奠基典礼签名纪念书"（又称万人签名）。厂办公室负责起草"第一汽车制造厂奠基典礼签名纪念书前言"，厂党委办公室和厂党委宣传部负责起草"第一汽车制造厂奠基典礼大会上毛主席书"。两篇稿子经几次修改后，打出初稿分送给各位筹委会成员，提出意见再做修改后，分送给厂领导和吉林省作家、《吉林日报社》记者征求意见。根据各方面意见又做了最后一次修改后交给饶斌厂长、顾循书记定稿。万人签名选用红色面料，既体现庄重大方，又代表喜庆红火。"第一汽车制造厂奠基典礼签名纪念书前言"端正地写在红绸面料上，然后由厂办公室、厂党委办公室、工程公司办公室负责轮流签名。在一汽奠基典礼大会前，万人签名活动结束，并在典礼大会当天放在会场前排展示。

一汽奠基典礼上，万名建设者在红绸上签名

1953年7月15日，是汽车工人终生难忘的日子，这一天，第一汽车制造厂横空出世，隆重奠基了。千秋大业，万众欢腾。在这个美好的日子里，新中国汽车工业诞生在摇篮中。

# 举全国之力建设一汽

《指示》经中央批转后，全国迅速掀起了轰轰烈烈支援一汽建设的热潮。举国上下，凝心聚力，各省和有关部门在人力、物力等方面，对一汽建设予以全力支援。

1952 年，在一汽筹建初期，中央组织部先后从全国各地抽调了 150 多名厅局级干部到筹备组从事领导工作。东北局从机关中抽调 529 名干部，还从农村挑选一大批党员、团员及复转军人奔赴一汽。东北教育局调来初中毕业生1200 人做施工骨干，大大强化了一汽建设的干部人才队伍。

第一机械工业部于 1954 年 10 月由各局抽调了一批生产管理干部及较高级别的技术工人奔赴长春。从江苏抽调了 40 多名县级以上的老干部，从福建、广东、浙江、上海、安徽、山东、河北等省、市抽调了一批技术干部。他们中间有工程、机械、动力、热力等许多方面的专家和高级工程师，还有清华等大学应届毕业生及归国留学生。

一汽建设工程大，任务重，又没有经验，为了组织起最强大的施工力量，确保按进度完成建厂任务，建工部从哈尔滨调来了工业建筑公司的施工队伍；上海市组成以华东建筑工程局第七建筑工程公司为主的一万多人的建筑队伍；从大连、沈阳、北京、天津等地调来大批技术工人和能工巧匠，还从上海多家私营和公私合营企业抽调技术工人近千人。全国各省（市、区）几乎都抽调了优秀的人才支援一汽建设。

全国各地支援一汽建设

在热火朝天的一汽建设工地上，汇集着两万多名来自全国各地的建设大军，其中最引人注目的是一支穿着军装的建筑队伍，他们担负了铸造、锻造、发动机、底盘、车身等几个主要厂房和一部分职工宿舍的土建施工任务。在三年建厂时期，他们同其他建设者一起，披星戴月，风餐露宿，艰苦奋斗，克服了许多难以想象的困难，为一汽的建设立下了汗马功劳。他们就是直属于建工部领导的中国人民解放军建筑工程第五师（简称建筑五师）。

建筑五师是一支具有光荣传统的野战部队，在战火纷飞的解放战争中南征北战，参加过闻名中外的"孟良崮战役""淮海战役"。在这支英雄的队伍里，有久经考验、参加过长征的老干部，有抗日战争和解放战争中的战斗英雄，有在朝鲜战场上打败美帝的功臣，仅在解放战争中，立过功的战斗英雄就有2000多人。新中国成立以后，他们奉党中央的命令，改为建筑部队，参加我国第一个五年计划的建设，成了国家建工部的骨干队伍。1953年9月，建筑五师整建制调往一汽的建设工地。

建筑五师在施工现场

建筑五师的战士大部分是农民出身，一汽这样的现代化工厂对于他们是新鲜事物。为了完成这个光荣而艰巨的任务，首要的问题就是要苦练基本功。分配去砌砖的战士，开始技术不熟练，每天只能砌五六百块砖。他们虚心学习，刻苦钻研，抓紧晚上空隙时间摸黑练习反转掉头，锻炼用手识别砖头好坏，创造了双手砌砖、小铁桶灌浆的操作方法，使砌砖速度由每天五六百块提高到两三千以至四千块的高纪录。

分配去当油漆工的战士，有的开始不会刷油漆，他们就拜老工人为师，恭恭敬敬地学。为了不浪费国家财产，他们开始时提个桶用刷子蘸水练习，熟练一点以后再用刷子蘸石灰水练习，就这样学会了油漆技术，担负了主厂房的油漆粉刷工作。

在锻工场担任吊装任务的战士，过去连什么是吊车、屋架都不认识，要想爬到十几米的高空去进行吊装作业很困难，于是，他们就推选了一些小时候会爬树的战士当指导，在宿舍附近进行爬烟囱的练习，经过几十次练习，终于学会了攀登技术。在吊装屋架时，战士们原来不敢在窄窄的大梁上走，只能坐在上面一点一点挪，因此把裤子都磨破了。为了克服恐高心理，他们就用午休和下班的时间，三三五五地在屋架上穿来穿去，练习高空行走。这样，很快就熟练地掌握了高空作业的技术。

在铸工场担负浇灌混凝土任务的是十三团青年突击班的战士，开始只能完成定额的50%，战士们都心急如焚，于是他们从总结经验入手，革新工具，改进劳动模式，提高操作熟练程度，在接下来的七次浇灌中，完成定额率从50%提高到150%，最后达到500%。为此，青年突击班成为工地上有名的"七战七捷"班组。

1953年冬天，长春地区的天气格外寒冷，建筑五师十三团、十四团的战士们，为了赢得时间，争分夺秒，中午吃饭都不离开现场。食堂的同志用车子把饭菜送到工地上，尽管已经用棉被细心捂好、盖好，但到了冰天雪地的旷野，馒头还是变成了"砖头"。战士们啃着硬邦邦的馒头，啃几口便又干起来。就这样，在第一个冬天，仅用了58天就完成了锻工场和11栋宿舍的基础建设，超计划完成任务。

在铸工场5、7号坑进行浇灌混凝土时，战士们穿着冰冷的靴子搅拌水泥，脚冻得像猫咬似的痛，身上的衣服、帽子全被水泥散发出来的蒸汽浸湿了，一出坑就结了冰，像穿上了一身白色的"盔甲"。北风刺骨，战士们的手冻僵了，搓一搓、哈哈热气再干；脚冻木了，跺一跺、跑一跑，继续干。面对着这冰封雪飘的寒冬，建筑五师的战士们豪迈地唱起了《冬季施工》歌："雪花飞，北风寒，施工好比

一汽工地建设施工一角

上火线！寒风吹不冷我们的心，战斗的意志铁石坚！我们绝不怕风雪严寒，为了人类幸福的明天，战胜严寒，战胜自然！"

是什么动力支持他们这么拼命干？回答几乎都是一样的："我们是党中央、毛主席派来的，党指向哪里，我们就战斗到哪里。过去我们是保卫祖国的战士，现在我们要做一名建设祖国的尖兵。"

第一汽车制造厂的建设牵动着全国人民的心。无论是成建制调集到长春的施工队伍，还是来自五湖四海，从各地调来的干部、知识分子和技术工人，他们都是为了祖国的建设，不远万里，带着豪情壮志来到长春参加一汽建设的。他们大多数是第一次到东北，一下火车就是迎面而来的寒风。到了建设工地，生活条件又差，许多人住在简陋的临时工棚里，但他们情绪高昂，没一个抱怨叫苦的。那时从关内分配来的大中专毕业生，大多是主动申请来的，有的是经过一再请求，态度坚决，才得到家庭和学校准许的。这些建设者们，以到东北参加一汽建设为荣，日夜坚守在建设一汽的主战场，不畏风霜雨雪，为一汽的建设立下了丰功。

中央有关部门对一汽的建设给予了大力的支持。铁道部落实中央的指示，保证优先运输建设一汽的物资。还特别增设了4名信使，协助联系建设有关事宜。邮电部开辟了通往莫斯科的专线电话，为国内外远距离配合创造了条件。解放军将五个随军建设起来的、基础很好的汽车修配厂划拨给汽车工业局，使其成为一汽建设期间培训技术工人的基地之一。

建设第一汽车制造厂，需要数以万计的各种规格型号的建筑材料和机械设备。全国多个省市、厂矿企业，为一汽生产各种设备和器材。每天有二三百节火车开往一汽的建设工地。来自鞍山、沈阳、大连、本溪、抚顺、重庆等地的钢铁制品，来自南京、济南、汉口等城市的各种建筑材料，来自大连、沈阳、上海等地的机器设备，还有白洋淀编织的大张苇席，以及松花江的砂石、长白山的木材，江苏、山西和东北各地的水泥等，被源源不断地运到施工现场。

1954年6月1日，正在建设中的一汽收到了《中国少年报》转来的一笔捐款，捐款来自南京江宁陶吴小学。事情的起因是，陶吴小学教导主任王家箴，有一天晚上和几位年轻老师散步，在汽车站和一位正擦洗汽车的司机交谈起来。司机告诉他们，他原来在上海开车，马路上跑的全是外国汽车，他梦想着能开上自己国家生产的汽车。老师们告诉司机，我们国家正在建设自己的汽车厂，不久中国人就可以开上自己国家生产的汽车啦！这一消息让司机师傅非常激动。

看到此情此景，老师们被深深地震撼了。回到学校，王家箴主任找到校长，商量并起草了一封"为中国汽车制造红领巾出份力"的倡议书，在学生中进行了一次爱祖国、爱工业的思想动员。以支援祖国重点建设项目之一的一汽工程为主题，通过班队活动，动员学生捡废铜、铁、碎玻璃等，一共回收旧币 5.16 万元（折合人民币 5.16 元）汇给一汽，还附了王家箴教导主任写的一封信，信上说："这一点点钱，代表了红领巾们的心意，我们愿为一汽建设添一块砖、加一块瓦……"

一汽建在吉林省，服务一汽建设，吉林省自然走在前面。一汽所在的长春市，更是对工程建设予以全力支援，在最短的时间内，把道路修向一汽，把煤气通到一汽，把干部调到一汽，把房子腾给一汽。早在 1954 年初，长春市第一届党代会就做出决议，规定了支援一汽的方针："主动积极，尽先办理，只许办好，不许办坏。"并把 1954 年、1955 年市政建设费用大部分用于支援一汽的建设，完成了 15 项配套工程，包括道路、桥梁、上下水、煤气管道、商业网点等。商业部门职工讲："只要'652'厂需要，不管是寒风、大雨，我们都要到市内去组织货源，能把物资及时送到，我们比啥都高兴。"

在建厂工程最紧张的时候，由长春市机关干部、大中学校的学生、部队战士组成了一支三万多人的义务劳动大军，持续到工地上支援建设。九台县（今九台市）饮马河的农民为一汽赶制了冬季施工用的草帘子29180片。一位老大娘把自己养的鸡下的几十个鸡蛋也拿到工地上，送给建设一汽的一线职工吃。吉林省、长春市的大力支持，社会各界的多方支援，当地老百姓的无私奉献，几万名一汽建设者的衣、食、住、行得到了有力的保障，"三年建厂"工程得以顺利展开。

# 第三章

一汽创业初期那些事

《指示》提出："兴建第一汽车制造厂，对我国国防建设、经济建设，积累建设经验、培养壮大力量，并为接踵而来的其他重点建设工程创造了有利条件，具有重要意义。"一汽建厂初期，是新中国建设史上中国工人阶级无私、忘我、高效大干的年代，在这个火红的建设年代，在这个激情燃烧的岁月，一汽的建设者留下了许多感人的故事和佳话。

## 冬季破土动工

奠基仪式后，一汽工程正式上马。然而，开工还不到三个月，自然环境就给刚上任一汽厂长的饶斌出了个大难题！长春地处东北，全年有 5 个月的气温都处于 0℃以下，最冷的时候，气温甚至低于零下 30℃。

在这样的气候条件下，根本无法开展施工。过去，深冬季节，东北人有"猫冬"的习惯，也就是平时不出门，躲在家里过冬。可是这样一来，工期就必然延长，三年建厂的计划根本就无法实现。看着在寒冬腊月几近停工的工地，饶斌心里非常焦急，急得满嘴燎泡，说话都困难。

为确保工期，饶斌决定在东北大地首次尝试冬季施工。长春的寒冬，泥土冻得像铁一样硬。饶斌亲自走进工地，拿起了镐头，带领工人们在冰封的冻土上挖掘，在刺骨的寒风中架设钢筋。一汽人就这样冒着严寒，咬紧牙关，开创了在零下三十多摄氏度环境下施工的先例。

饶斌为一汽奠基填第一锹土

第一次冬季施工是从 1953 年 12 月 15 日开始的。主要以热电站厂房的基础、框架工程为主，同时动工的还有底盘、有色场房、辅助场房等。

长春进入 12 月，寒风刺骨、滴水成冰，工地和高耸的建筑架上，到处都披上了银装。建设者们住在四壁透风的临时房屋里，头顶雪天，脚踩冻土，爬上三十多米的高空绑扎钢筋，浇注混凝土。手冻得裂出了一条条大口子，他们用胶布把手缠起来，咬咬牙，继续干。大吊车不能发动，吊车司机半夜爬起来，用炭火烤吊车，以确保上班时正常吊装。结冰的道路太滑，大吊车不能走，职工们就用草垫子铺路，保证大吊车在冰滑路上畅通无阻。由于穿得太多，影响干活，工人们就脱去棉衣，拿起钎子，抡起大锤，刨起层层冻土。就这样，他们硬是把大块大块的冻土块从地层中刨出来，然后用拖车运出去。为了测量混凝土结构的温度，测量工人们不仅要爬上挂满冰霜的三十多米高的柱子，还要钻进四十多摄氏度高温的模板里。他们在模板里闷得透不过气，一出来却满头白霜，全身衣服瞬间结成坚硬的冰板。

就这样，他们整整奋战了一个冬天，热电站、底盘、有色金属、辅助四座厂房纷纷拔地而起，提前完成了施工任务，而且质量完全合格，创造了冬季施工的奇迹。第一次冬季施工的胜利，为第二年更大规模的冬季施工积累了丰富的经验。一汽人为冬季施工的胜利献出了青春，甚至献出了宝贵的生命。

建厂期间，建设者们的生活虽然艰苦，但情绪却极其高涨，因此留下了许多生动有趣的故事。"四长"的说法就是其中的一例。

吃饭当"排长"：人多食堂少，要排长队，半个小时到一个小时才能吃上饭；学习当"连（联）长"：学习一定要联系实际，干啥学啥，学啥用啥；睡觉当"团长"：居住条件较差，睡觉时要缩成一团，早晨起来，有时被上还有一层沙土和残雪；工作当"旅长"：因为全场都要服从统一调度，有的人整天要在各个工地上来回跑。

还有一个更经典的故事，叫"火车头取暖"。

一汽经过一年多的土木建设，各大厂房相继建成，窗户和门也都进行了封闭。按工艺要求，厂房的施工和机床水泥基础养生必须保持室温在6℃以上，才能使质量不受影响，这就为冬季施工提出了必须解决采暖供热的难题。

按苏联工艺设计，全厂各大厂房及家属宿舍的冬季采暖供热，应全部由热电厂的余热供应。但由于热电厂的土建结构复杂，而且设备多、体积大，技术含量高，需耗费一定时间，要求和其他生产厂房同步供电供热，在时间上是来不及的，必须采取临时性措施，否则全部建设工程将因冬季气温低而被迫停工半年，三年建厂出车的目标将难以实现，因此，解决冬季施工采暖问题，迫在眉睫。

早在1954年8月，厂领导和技术人员就开始研究冬季采暖供热问题，未雨绸缪。他们创造性地提出了火车头采暖供热的方案。这个工程在技术上要求很高，必须保证万无一失，因为处理故障必须停气或停水，那样管道里的水马上就会结成冰，如果管道被冻裂，就会造成全系统崩溃。其中关键的技术问题是热源的选择，是选择蒸汽锅炉，还是热水锅炉。由于生产厂房和生活区间用途不同，重要程度不同，所以热源也有所区别。厂房要求效率高，故采用蒸汽锅炉；生活区间、办公室有热就行，故需要采用热水锅炉（也就是装一台热水锅炉）。这样，一事一策，因地制宜，采取差异化供热措施。

最后决定，生产厂房采用火车头作为供气锅炉。由于火车头的工作条件变了，需要创造新条件来适应，否则它无法运行。如火车头的炉膛燃烧要在负压的情况下进行，其要害需在烟囱的标高上做文章，所以火车头没到位，他们就把其"高帽"做好了，初步估计得30多米，十几个火车头就得300多米。由于钢板的重量极大，支撑它的脚手架数量、结构也需考虑。第三大技术问题是火车头水箱的标高都不一样，必须在附近做个回水箱，设一个水泵往火车头水箱里注水，蒸汽供得多，需水量增加，反之减少。再加上循环中的损失也需补充水，这些量都会随时间而变化的，所以每个单位的火车头都得配上一位责任心很强的师傅调节注水量。水注少了，有烧干锅炉的可能；水注多了，则会发生水箱溢水，这两个极端后果都非同小可。所以要经常调整其阀门，使其供需消耗平衡。

采用火车头向车间供气方案确定后，厂领导马上就到各分厂现场确定火车头的具体坐标位置，当天就安排总厂运输处铁路车间组织铺设专用铁轨，同时申请借用 10 台蒸汽火车头，包括三班运行的工人师傅，时间需半年。此报告送至中央，一机部对此非常重视，指派专人到铁道部联系，从南京、武汉、韶关等地调来了蒸汽火车头。在国庆节前十天，火车头就从四面八方陆续开到事先定位的坐标点固定好。铁路车间像迎接亲人一样把 60 名师傅集中安排在条件较好的宿舍，上下班派汽车接送，中午饭送到工位。

各分厂也都自觉地组织与火车头连接管路的施工，争取先调试、先送气、先受益。事关重大，不能发生一点差错，每个施工人员的神经都绷得很紧。他们派三个人天天马不停蹄地到各分厂查视设备运行情况，搜集各种意见要求，保证运行安全，有急需解决的问题，立即向上级汇报，妥善解决。

全厂所有参加临时采暖工作的同志，都自觉地形成一个整体，为采暖工作的顺利进行克服一切困难，共同完成了这项艰巨任务，确保不会因采暖问题影响三年建厂出车的总进度。由于全厂上下一条心，职工们拧成了一股绳，兢兢业业地工作，采暖供热工程进展顺利，没有发生任何问题。

每年 4 月 15 日，是长春地区法定的采暖结束的日子，火车头准时停火，一声长笛鸣过，宣告漫长的采暖工程圆满完成。凡是参加这次大会战的人都松了一口气，内心别提有多高兴了。这项敢想敢干的冬季施工工程，为一汽三年建厂、三年出车做出了重要贡献，为一汽建设立下了不朽功绩。

## 一汽的第一名职工

若问一汽的第一名职工是谁？当时的人们会异口同声地告诉你：陈祖涛。

陈祖涛，生于 1928 年 1 月，毕业于苏联鲍曼最高技术学院，曾任一汽驻苏代表，一汽生产准备处副处长、工艺处副处长、工厂设计处处长兼总工程师、二汽总工程师、技术副厂长，中汽公司总工程师、总经理，中国汽车工业联合会理事长，国家科委专职委员，国际东方科学院院士，第八届、第九届全国政协委员。

1939 年，陈祖涛随父亲陈昌浩离开祖国去苏联，那时他还不到 11 岁。在苏联接受 12 年的教育后，他成长为一个有专业知识，充满朝气，一心想报效祖国的有志青年。苏联鲍曼学院的学制是六年，他本应在 1951 年 6 月毕业，因急于回国参加新中国的建设，于 1951 年 2 月提前毕业，7 月份回国。

　　1951 年正是抗美援朝战争的关键时刻，国内人民支援抗美援朝战争、医治国内战争创伤、恢复经济建设的热情高涨。陈祖涛作为一个 20 多岁的年轻人，受国内建设热潮的鼓舞，希望早日参加工作。当周恩来总理得知陈祖涛是学机械专业的，主攻方向是汽车，而且在苏联的汽车厂实习时，高兴地对他说："那好，你是学汽车的，就去筹建中的长春第一汽车厂吧。"就这样，陈祖涛成了一汽的第一名职工，并被派往苏联的汽车厂实习。1951 年 9 月，陈祖涛再次来到莫斯科。

在苏联实习时，饶斌（左一）、陈祖涛（右二）与实习生在一起

一汽的设计由苏联汽车工业部委托全苏汽车工业设计院负责，整个汽车厂的设计分初始、技术和施工图三个阶段。1951年12月，初始设计做完了，设计院把厚厚的几十本设计书和图纸设计资料交给陈祖涛。没有仪式，也没有交接手续，甚至连收条都没打，陈祖涛就把这些苏联无偿提供的设计资料送回北京，交到汽车局筹备处的翻译组进行翻译和审批。

1953年4月初，陈祖涛回到莫斯科，来到苏联汽车工业部，将中国政府的回复文件交给此项目的负责人古谢夫，并于1953年底参与审核了由苏联方面在一汽建厂初步设计基础上的各项细化设计。

随着第一汽车制造厂筹建的步伐进一步加快，在技术设计的基础上开始进行施工图设计，陈祖涛参加了与苏方谈判和具体的协调工作。汽车厂的施工图设计是非常复杂的，要按照技术设计的要求，精确定位每一个车间、每一台设备，所有的工模夹具，包括厂房结构、供电、供水等都要定下来。由于设计的工作量太大，苏联政府决定由斯大林汽车厂担任施工图设计。同时还成立了"AZ-1"设计组和援建长春第一汽车制造厂办公室，斯大林汽车厂的总工艺师兼工艺处处长赤维特可夫担任一汽施工图设计组的组长。在这里，陈祖涛既作为一汽的代表又作为组长的助理，参加施工图设计组，全程参与施工图设计。他也充分利用这个宝贵的机会，在几十个车间里跑了多遍，从前方的机床设备、人员岗位到后方的供电、供水、压缩空气、燃油，甚至办公楼、工人宿舍、厂区环境等都仔细参观学习，积累了大型汽车厂设计的全面经验。

回国后，陈祖涛从一汽的选址、设计、基建、安装、调试到投产，参与了一汽建厂的全过程。他在实践中，运用所学的理论做指导，摸索和积累了丰富的经验。由于语言、技术无障碍，他和援建一汽的苏联专家关系融洽，配合默契，为创建一汽立下了功劳。20世纪60年代中期，国

饶斌、姜季炎、陈祖涛在湖北十堰为二汽选址

家决定建设二汽，陈祖涛又被派往湖北，开始了新的、更大的创业，发挥了更重要的作用。

年富力强的陈祖涛率领筹建人员翻山越岭，跑遍鄂北大大小小的山梁沟壑选厂址。经过两年的选址、规划、设计，陈祖涛拿出了初步方案。陈祖涛又带领筹建人员奔安康、踏汉中……终于选中湖北境内的十堰作为第二汽车制造厂的厂址，并开始了建厂和研发制造工作。

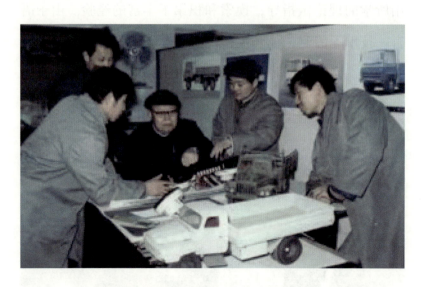

陈祖涛在指导二汽技术改造

担任二汽总工程师的陈祖涛领导着12个副总工程师和几千名工程技术人员，负责从基建、安装、调试到投产的全部技术工作。

陈祖涛的一生始终与新中国的汽车工业紧密联系在一起，无愧于"中国汽车工业元勋"的称号，也无愧于中国汽车工业的奠基人之一。他在 2005 年出版了自传《我的汽车生涯》，于 2022 年 8 月 22 日去世。

## 一汽的第一户人家

1950 年，重工业部设立汽车工业筹备组的时候，任命郭力为第三筹备组主任。曹新是郭力在冀中根据地时的老战友，曹新曾找到郭力，说："我来找你想学造汽车。"没想到，这话在两年后真的变成了现实。

1952 年，郭力被任命为第一汽车制造厂厂长。他找来曹新，说："朝鲜正在打仗，长春离得很近，你敢不敢跟我上长春？"曹新毫不犹豫地答应了。于是，这年的 6 月 24 日，曹新和妻子白大珍带着三个女儿，举家来到长春安家落户，由此，曹新一家成了一汽建厂时的第一户人家。

曹新，1920 年出生于河北任丘一个贫农家庭。1935 年 9 月的一个晚上，他在村北庄稼地里秘密宣誓入党，投身革命。组织派曹新担任地下交通员，负责送人、送信、做向导。

1937 年，曹新参加了冀中抗日组织。每次战斗他都带头冲锋陷阵，成了一个令敌人胆寒的双枪手。打鬼子、除汉奸、端炮楼、伏击汽车、抓翻译……这些经历都有曹新的份儿，有人甚至认定曹新就是电影《小兵张嘎》里侦察员罗金宝的原型。

抗日战争结束后，曹新被调到冀中军区九分区八十四团，任二连连长。他参加了天津西的羊凤浆保卫战、胜芳镇保卫战，在战斗中受了伤。组织上决定让伤员分散回家养伤，曹新从此离开了部队。

曹新来到了刚刚筹建的一汽，第一项工作就是带着工程队，日夜兼程修复四栋灰砖房。妻子白大珍则带着三个年幼的女儿到一个空旷的大院里收拾宿舍，那里尘土厚得要用铲子铲，野草长得比人高。不久，建设大军陆续赶到，大家拼命干，心愿只有一个，就是希望能为新中国实现造车梦多做点事。

1956 年，一汽正式开工生产，曹新任修缮车间党支部书记，后来又任基建处副处长、处长，一直为一汽建设发展贡献着自己的力量。

1956 年 7 月 13 日，国产第一批"解放"牌卡车驶下总装配线，结束了中国不能生产汽车的历史。

马上就能看到自己造的汽车了，头一天晚上，曹新激动得整夜没合眼。第二天，"大解放"载着喜气洋洋的小学

生在长春市转了一大圈，马路上都是人，笑声、掌声一浪
接着一浪。后来，一汽成功研制了第一辆"东风"牌小轿车，
结束了中国不能生产轿车的历史；设计制造出了"红旗"牌
高级轿车，建立了军用越野车生产基地……新中国的"造车
梦"在曹新等老一代汽车人的手中，一步步地变成现实的。

## 驻莫斯科的工作小组

在长春第一汽车制造厂筹建的前期，为配合中苏双方
开展工作，当时的重工业部授权汽车工业筹备组成立驻莫
斯科一汽工作小组。它是派往中国驻苏联大使馆商务参赞
处专门处理有关苏联成套援建一汽项目和相关事宜的外事
机构，是当时两国间有关援建项目的人流、物流和信息流
的重要传递通道和枢纽。它的任务是保证按照建厂进度和
要求，及时地沟通、协调和传送两国间各种设计文件和资料，
以及设备和装备材料的供应、专家和实习生的派遣等。自
1952 年 7 月开始至 1954 年底，小组先后有 5 人加入。组长
是资深专家孟少农，也是中方的总订货代表。组员有年富
力强的名校学子陈祖涛、潘承烈、窦英伟和李刚。

据一汽驻莫斯科工作小组成员、一汽第五任厂长李刚

讲述：一汽驻莫斯科工作小组的吃、住、办公都在中国驻苏大使馆，生活和工作在一片浓郁的中苏友好的气氛中。1950年，两国政府签订了《中苏友好互助同盟条约》，之后，苏联政府和人民真心诚意地帮助中国搞好经济建设，一汽驻莫斯科工作小组的同志也一心一意地向苏联老大哥学习。在十月革命纪念日，苏联政府安排一汽驻莫斯科工作小组和苏联老百姓一起参加红场的群众游行队伍，共享胜利的喜悦。苏共中央政治局委员米高扬和布琼尼元帅，还以苏中友好协会的名义在克里姆林宫举行盛大宴会，专门宴请一汽驻莫斯科工作小组和中国驻莫斯科的各界代表。

一汽项目是白手起家，平地建厂，任务艰巨。在长春市孟家屯火车站西北约 300 公顷寒冷冰冻的荒野上，计划建设 1 座年产 3 万辆 4 吨载重车的大规模综合性汽车城。除少数电器配件和化油器外，汽车上的 3000 多种零件和总成全部自制，产品达到二战后的新水平。生产工艺先进，种类齐全，包括机械制造业中的铸、锻、冲、焊、机械加工、木材加工、油漆、装配等各种先进工艺。后方具有发电、供暖、供气，能生产几万种特殊刀、量、模、夹、辅具和设备修造的车间和设施。另外还要新建一个能容纳四五万人居住的生活区及相应的学校、医院等福利设施。工厂规模和技术水平当时堪称亚洲第一。

原孟家屯火车站（现长春南站）

　　工作小组与苏方达成一致，苏方的援建采用的是所谓
"成套交货"的方式，即提供全套产品图纸和技术资料；全
套的工厂设计资料，包括土建设计、工艺设计以及组织设
计等；提供全部关键设备和工艺装备；提供土建和我方制
造设备、装备用的特种钢材；派遣 100 名各类援建技术专
家，指导施工建设和调试生产；同时培训实习生。他们把
生产技术和管理方法传授给我们，直至中国自己能掌握技
术，生产出合格的产品为止。

　　中国重工业部与苏联汽车拖拉机工业部在 1951 年 11

月签订了工厂设计合同。一汽驻莫斯科工作小组的任务极为繁重。由于双方的工作系统和工作关系都很复杂，配合之间的节点过多，无论在工作内容和衔接进度上都需要动态改进和补充。如：苏方陆续要中方补充地质勘探数据；收集国产钢材、煤炭、煤气、型砂、焦炭、黏土、黏合剂、橡胶等材料的物理、化学性能及其样品；了解长春市自来水、煤气的压力和成分；转送国产设备和标准配件的规格、品种；索要一汽的中文名牌和"解放"牌车型的标志；提供实习人员的名单、专业；要求通报我方施工现场的进展情况等。

在中苏双方协商下，一汽驻莫斯科工作小组还要在国外与苏方补充签订各种协议书和合同，同时要不断向对方以书面或口头方式转达我国政府和工厂所提出的各项业务咨询、催交设计资料等。由于项目本身的综合性和成套性强，牵涉面广、政策性强，再加上中苏双方以前都没有这方面的经验，所以，要求一汽驻莫斯科工作小组具备几乎涵盖所有建设汽车厂的各项业务和专业技术知识。工作组不仅是和总交货人代表一个人进行外事谈判，还要和许多有关设计专家打交道。工作头绪多而且繁重、紧张，一汽驻莫斯科工作小组成员们每天都学习和工作到深夜。

1953年一汽土建施工开始后，发现冬季施工蒸汽供热是关键。热电站必须当年施工，提前得到热力供应，满足下一年冬季施工之用，这样才能保证全局的施工进度。10月26日，国内发电报催促，而苏方电站部认为，中国委托设计的大电站太多，这一个是厂内附设的电站，无关紧要，就排到后面了，总交货人代表也无能为力。在这紧急关头，小组一方面报告国内，一方面向参赞汇报求助，最后通过外事途径才解决了这一问题。11月6日，前后仅用了10天时间，苏方就交出了电站施工所需的全部图纸，并且补签了设备订货合同，既保证了当年开工，还保证了下年内发电机组的安装调试任务。

与苏联总交货人签订设备供货议定书也是一个十分复杂的大问题。严格地讲，准确的设备清单要等斯大林汽车厂的工艺施工图设计完成后才能最终确定。但设备制造周期很长，很多设备如大型模锻锤、多轴立式半自动机床、3500吨大梁压床等，苏方要仿照西方设备进行改进和试制，需要三四年的时间。为了保证三年建厂进度，苏方又不得不根据估算的清单向上百家设备制造厂预先订货，但可能留有一些不确定因素。工作小组多次把我国现生产和计划生产的各种设备的产品目录和说明书提交给对方，供其参考和选择，但全部设备供货方案依然很难确定，最后不得不采用急用先订、逐步补充续订的方法来解决。

1953年3月12日，全厂设备供货议定书未签订以前，工作小组和总交货人先签了一个设备供货合同及后续设备补充协议书，确定了当年苏方必须交货的 660 台设备和中方必须交货的 314 台设备。此后，工作组在 1954 年后又签过多次合同和补充协议。

## 赴苏联做实习生

一汽作为新中国汽车工业的摇篮，为发展我国的汽车工业培养和输送了大批优秀人才。一汽这支人才队伍的培养，是从向莫斯科斯大林汽车厂派遣实习生开始的。苏联方面对培训一汽实习生的工作从开始就很重视，负责具体培训实习生的斯大林汽车厂也为此创造了许多方便条件。

据李治国讲述：第一批实习生是 1953 年 11 月派往莫斯科的，到 1956 年 9 月，一共派去了 8 批。实际上在首批实习生派去之前，已有原先派去参与工厂设计工作的 8 名工作人员于 1953 年 4 月转为实习生下厂实习，后来人们把他们称为"零批"实习生。派遣实习生的人数，按最初双方商定的 250 人增加到 630 人，在派遣最后一批实习生的时候，一汽已经开工投产，一些准备担当实习生导师的设备调整专家已经来到一汽，就没有必要再派实习生了，所以最后实际派去的实习生总数为 518 人。

据有关资料记载，在早期调入一汽的职工中，选派的实习生有 200 人左右，其余都是从汽车局内企业、一机部部内、部外企事业单位和政府机关中抽调的，还有一批大中专毕业生。他们要先到俄语班学习，实习回来后才分配工作。

这次一汽派往斯大林汽车厂的实习队伍，在专业上是全面配套的，从厂长、车间主任、工部主任到操作手、调整工，各级人员都有。除销售处、基本建设管理处、生活后勤服务部门外，所有主要的职能处室都派了实习生。各主要车间、职能处室内的主要科室、各技术部门的主要专业，也都有一汽的实习生去实习。各类人员的实习要求也很明确：领导干部在熟悉生产过程的基础上，要学会生产组织与管理；各类专业技术人员要学会本专业的技术业务知识和技能；工部主任和工长要学会特种复杂设备的操作与现场管理；调整工要学会本专业或本岗位的设备调整。按不同人员实习内容的复杂程度规定了实习期限，工部主任、工长和调整工为八个月，领导干部、技术人员和专业管理人员为一年，设计技术人员有的还延长到一年半至二十个月。

当时，大家对造汽车还处于迷茫的状态，因而这种做法获得了很大成功，不仅很快地把苏联生产制造汽车的各类专业技术和管理经验全面学到手，而且可以将其移植到国内。这对迅速建立我国自己的专家队伍，确保汽车长期稳定生产，大有好处，不失为良策。譬如，斯大林汽车厂的中央设计室是负责设计专用工艺装备的重要部门，一汽派出十多名实习生去那里实习，做到每个专业都有中国实习生。这些实习生回厂以后，很快建立了中国汽车工业第一代的工艺装备设计队伍。再如，汽车制造的各类专业技术、设备计划预修制、生产作业计划与调度、厂内经济核算体系等技术和管理经验，也都是通过实习生"取经"后，先"搬到"一汽，再传授到全国各有关企业的。

在实习过程中，导师按实习生的不同要求传授技术业务知识和操作方法，讲课的时间一般为：工人 300 小时，管理干部 400 小时，技术人员 500 小时，其余时间都在生产现场或在实习的科室同苏联人一起工作和生活。要求每个实习生不仅要掌握专业的技术业务知识，而且要尽可能地参加操作，提高动手能力。原一汽副厂长李中康实习的专业是焊接工艺，他整个实习期都是在现场度过的。驾驶室各大总成、分总成的焊接工艺要弄明白，而且要亲自熟练操作，对于焊接设备和装备也要弄懂。到实习结束时要过"文""武"两关：文，就是导师安排的结业测试；武，就是要在现场当着导师和其他人的面，亲自把驾驶室焊出来。实习生们经过苏联导师的指导和自己的努力，学会了技术操作、组织生产和管理工厂的本领，成为我国第一批汽车工业的骨干。

苏联专家米尔扎克、卡留日内现场解决施工疑难问题

实习生在苏联的时候是学生，回国后就变成了老师，他们把在实习中学到的东西毫无保留地教给周围的同志，后来又带出越来越多的各个门类的专业人才，有些同志逐步走上了领导岗位。

# 第四章

一汽儿女尽献芳华

在一汽建厂初期，虽然创业艰难，却有一大批有志于献身新中国汽车工业的建设者，他们胸怀报国之志，积极响应祖国的号召，义无反顾，风尘仆仆，从全国各地来到长春，从此全身心地投入一汽的创业和发展的伟大工程中。他们用自己的青春和热血、辛勤的汗水，浇筑起了新中国汽车工业的摇篮，谱写了一曲建设祖国、奉献中国汽车工业的时代壮歌。

## 一汽最强"三人组"

在汽车制造业界，长期以来有一种普遍的说法：谈一汽绕不开三个人。哪三个人？他们就是饶斌、郭力、孟少农。

### "中国汽车工业之父"——饶斌

饶斌，原名饶鸿熹，祖籍江苏南京，1913 年 3 月 3 日生于吉林市。1930 年冬，报考满洲医科大学时改名饶斌，后来一直沿用此名。

新中国成立，百废待兴，饶斌被即将全面展开的社会主义建设高潮所鼓舞，自告奋勇放弃熟悉的领导岗位，申请参加一汽建设。他将战争年代的激情化为拓荒建厂的动力，带领广大职工边学边干，从无到有，如期出色地建成了我国第一个汽车厂，为中国汽车工业的发展打下了坚实的基础，实现了"出汽车、出人才、出经验"的目标，也实现了自己从一个职业革命者到汽车工业专家的重大人生转变，被称为"中国汽车工业之父"，为新中国汽车工业的摇篮做出了巨大贡献。

饶斌

饶斌从青年时代起就向往光明，追求进步，把满腔的爱国热情和造福于人民的崇高理想同党的宗旨和纲领融为一体，积极投身于党领导下的中国人民的革命事业。抗日战争时期，他参加了开辟晋西北抗日根据地的工作，坚持敌占区和游击区的对敌斗争，为开创和建设晋西北抗日根据地做出了重要贡献。解放战争时期，他被党组织派往东北从事党政领导工作。在不同岗位上，他忠于党的事业，严守党的纪律，坚决执行党的决议，在发展壮大党的力量、巩固革命根据地、推进全国解放、加强城市建设等方面做出了积极贡献。毛泽东主席第一次访苏时，在火车上接见了这位年轻的哈尔滨市市长。

1952年，饶斌正式受命建设一汽。豪情壮志的他全身心地投入一汽建设大潮之中。为掌握汽车工业制造技术和建筑技术，他虚心向技术人员和有经验的老工人求教，严肃认真、一丝不苟的工作作风，使他成为爱汽车、懂汽车的领导干部。在一汽奠基典礼上，饶斌把第一锹黑土抛向奠基石，他也成了一汽的奠基人。

为实现开工典礼上全体职工在致毛主席信中所写的"保证工程质量，按期完成建厂任务"的目标，饶斌全心全意投入工作，殚精竭虑，日夜操劳。他休息很少，午夜回到家已经精疲力竭，晚饭端到面前时，他已沉沉入睡。早晨，他又准时到达厂里。有时他干脆不回家，就住在厂里，打会儿盹，又接续上第二天的学习、工作程序。早饭前学习，早饭后开始繁忙紧张的工作。除处理事务外，他总是和专家组组长希格乔夫等到工地了解、检查工作，发现问题及时解决，还随时向专家、工程技术人员和工人学习，发现施工质量问题，如浇注基座有蜂窝、挖基础时抽水不彻底、坑底不干等，他都严肃指出，要求认真纠正。

饶斌到车间视察

至 1959 年 12 月 6 日，中央决定调饶斌任第一机械工业部副部长兼汽车局局长，饶斌在一汽奋战的 7 年间，一汽从无到有，从 1956 年第一辆"解放"牌载货汽车下线到 1958 年第一辆国产"东风"牌轿车下线，无不倾注着饶斌及老一代汽车人的心血。一汽也初步形成了一个以载货汽车为主的现代化汽车制造和科研基地，1959年生产汽车已达16469辆。建成后的一汽，是当时中国第一座现代化的汽车工厂。

饶斌在一汽7年，从39岁到46岁，正是一生中的黄金时期，既积累了一定的知识和经验，又有健壮的体魄和充沛的精力。他刚到一汽时，常有各种干部来，一些懂技术的人往往叹息说："来的技术人员太少了，净是些'白帽子'。"他勤劳刻苦地学习，在实践中学，从书本上学，向技术人员学，向工人、干部学，努力汲取同志们的智慧和长处。他继承了战争年代那种密切联系群众，一切要走群众路线的传统做法，深入现场了解情况。因为经常和中外专家一起下现场，所以取得了一定的发言权，必要时能做出决断。工厂投产后，他深入基层蹲点，向老工人拜师学艺。他在生产小组劳动时兼顾了解工部、车间情况，他善于发现和抓住典型事物，表扬先进，推动后进，带动全盘。他做工作总结报告很多，而且时间长，但内容生动而丰富，大家很有兴趣。他注意在学习、工作、品德方面起表率作用。

学习上，他是领导者、组织者，又是积极的参加者。工作上，他既能在工地推车送浆，又能操作机床。支援农村水利建设，他也抡起丁字镐向冻土开战。在成绩面前，他不断寻找不足与缺点，不断开拓前进；有错误与缺点，他敢于公开做自我批评，正视问题的严重性，为消灭这些缺点和错误，顽强地进行斗争。他既着手现在，又眼望未来，国家和人民对汽车的需要，就是他的压力、动力和责任。他自觉地把这些需要压在肩上，想尽一切办法完成任务。当饶斌离开这个培养他、教育他，使他锻炼成长的第一汽车厂时，他满怀无限留恋之情，不愿离去。

一汽走上正轨以后，中央调任饶斌领导二汽建设。他亲自踏勘、选择厂址，最后把厂址确定在湖北十堰。饶斌在拟订二汽建厂方案时，强调采取"聚宝"的方式，从一汽

饶斌在二汽参加黄龙引水工程劳动

等有关工厂抽调骨干力量建设二汽的专业厂。虽然在建设中受到各种不利因素的严重冲击和干扰，但是他高瞻远瞩，毅然决定建设民用载重汽车生产基地。不久，一座新兴汽车城在湖北十堰拔地而起，实现了他"早出车、出好车"的愿望，改变了我国载重汽车长期严重短缺的局面。

改革开放之初，国门打开之后，时任机械工业部部长的饶斌意识到中国汽车与国外的差距已经成为经济发展滞后的瓶颈。他是首个中外合资的倡导者和推动者，他旗帜鲜明地支持上海的轿车项目，这不仅成就了上海汽车业的崛起，而且为中国轿车业的兴起开辟了希望之路。他认为，发展轿车业是中国汽车工业又一次艰难的创业，亦是一次思想观念的深层次转变。在他看来，轿车不单会改变中国汽车业的命运，同时也会改变千万人的生活方式，进而改变中国。

饶斌在改革开放期间的最大贡献是，敢于以上海桑塔纳项目作为探索中国轿车发展的"试验田"，不仅显示了战略家的眼光，还有丰富的对行业发展的谋略。其启示意义在于，通过国产化改造了零部件行业，为中国汽车工业的转型（从载货汽车生产为主转向以轿车生产为主）打下了扎实的基础，为轿车国产化探出新路，拿出经验，结出成果，从而为中国汽车工业重心的战略转移创新了模式，积累了经验。

晚年的饶斌，继续探索着中国汽车工业的腾飞之路。在主持中国汽车工业公司工作期间，他提出了汽车工业调整改组和发展规划方案，组织引进先进技术，加速产品转型，从而结束了我国汽车产品几十年一贯制的历史。

饶斌不仅是中国汽车工业的开拓者，而且是推动新时期汽车工业转型的引路人，他的思考与实践至今都有现实意义。尤其是在他的晚年，他把主要精力都放在了桑塔纳轿车零部件国产化上。他极力倡导通过零部件国产化缩短与世界汽车的差距，从而抵达"汽车现代化"的彼岸，圆中国人的轿车梦。

1987年7月15日，这一天是第一汽车制造厂34周年厂庆的日子。74岁的饶斌出现在一汽产品换型技术改造工程验收大会的主席台上，白发苍苍的他激动地讲道："汽车工业第一次创业是建一汽，这是从无到有的创业，结束了中国不能生产汽车的历史。一汽第二次创业就是完成这次换代改型这一历史任务，是从老到新、从落后到现代化的创业。迎接轿车的发展是第三次创业的基本内容。第三次创业我起不了作用了，但我愿意躺在地上，化作一座桥，让大家踩着我的身躯走过，齐心协力把轿车造出来，去实现我们中国几代汽车人的轿车梦。"说完，饶斌潸然泪下。

正如人们所说，"汽车是他的命"。饶斌最后倒在了为汽车艰苦创业的征程上。1987年7月30日，饶斌来到上海汇众公司视察桑塔纳国产化的情况。那是个炎热的夏天，在高温中，饶斌坚持视察，但当晚就病倒了。突如其来的发病，让饶斌甚至来不及回到北京的家。1987年8月29日，饶斌病逝于上海，享年74岁。

"新中国汽车第一人"——郭力

郭力，原名高崇岳。1916年出生在河北省河间县（今河间市）高家庄的一户书香门第之家，从小天资聪颖，6岁入小学，9岁就能写对联。他从小跟随当职员的父亲在东北长大，1932年考入哈尔滨高等工业专科学校，在学校接触了马列主义，1933年加入中国共产党。1936年，中共满洲省委遭破坏，因单线联系人被捕，他找不到党组织，不得已于同年底回到河北老家，在家乡积极参加抗日活动。在抗日战争

郭力

中，他因革命需要改名为郭力。

1945 年，郭力在冀中军区兵工管理处任政治委员、党委书记。1949 年在国家重工业部工作。1950 年 3 月，重工业部汽车工业筹备组成立，郭力被任命为筹备组主任，负责筹建我国的汽车工业。当时，国内只有一些汽车维修和简单的零配件制造企业，人才奇缺，没有生产基地，没有大规模生产的经验，可谓一穷二白。郭力集中精力找寻专业人才，筹备组技术人员很快就增加到 100 多人，建实验室、筹建研究所、厂址勘察预选……工作取得了飞快进展。他带领筹备组的工作人员为选择厂址进行勘测，收集各种技术、经济资料，为工厂的设计和布局提供了科学依据。

郭力（左五）与汽车工业筹备组的同志及家属合影

1952年4月，郭力被任命为长春汽车厂（"652"厂）厂长。上任后，他做了大量基础工作。在短短几个月内，组织修复了日寇盘踞时残存的建筑，恢复了水、电、供暖，还开设了培训干部的汽车工业学校，培养了大批汽车人才，为一汽今后的生产建设打下了良好基础。

1952年6月，中央正式命名长春汽车厂为长春第一汽车制造厂。筹备组的部分成员赶赴长春，建厂准备工作从此拉开大幕。中央正式决定汽车厂要三年建成投产，郭力感到压力很大。于是他提出，如能有一位熟悉东北情况的同志来当厂长，会更有利于调动各地的力量来支持一汽建设。新厂长主抓建厂工作，他配合厂长负责生产准备，效率会更高。

这段"当着厂长找厂长"的佳话，还要从三年前说起。三年建厂，责任重大，而三年时间有限，基建必须和生产准备同步进行。工厂由苏联援建，郭力必须亲自带队到苏联，去审查和熟悉工厂组织设计等一系列工作，这些工作又必须同国内基建工作协调好，汽车厂又是地处在他不很熟悉的东北。

为了加快工厂建设的步伐，不辜负中央的重托，郭力以大局为重，做出了一个重大的决定——自己"让贤"，请一位了解东北、资历和能力更高的同志来当一把手，自己甘愿当副手。厂长请厂长，让所有人意想不到，就连他的夫人张蕙兰对这个决定都感到吃惊："厂长是中央任命的，你又不是干不了，为什么要让呢？"郭力说："在地方建厂，离不开地方政府的支持。特别是要调动起东北，调动起吉林省、长春市的人民群众来支援工厂建设，才能完成三年建成汽车厂并出车的任务。只凭我们的工作热情，深一脚浅一脚地闯，会给工作造成麻烦。调一位熟悉东北情况的干部当厂长，能加快工作进程，我也能更好地全身心地投入工厂建设之中，不存在让与不让。"

当郭力得知上级考虑了他的请求，并派饶斌前来接替他的工作时，他由衷地感到高兴，当即派江华前往沈阳迎接新厂长饶斌。临行前，郭力讲的一番话，几十年后江华都难以忘怀。郭力说："中央任命饶斌同志为厂长，确实是天时、地利、人和三者都顺。所谓'天时'，就是我们厂正处在建厂的关键时刻，很需要强有力的人来加强领导，这方面饶斌同志比我强。饶斌对中央及东北局的一些领导同志都很熟悉，对解决我们建厂中的困难非常有利。所谓'地利'，是因为饶斌同志是个'老东北'，在东北工作多年，而我们建厂离不开地方的支持，如抽调干部，招收工人，解决征地、修路以及职工的吃住等问题，都要与地方打交道。这方面，我也不如饶斌同志。所谓'人和'，是因为我们厂将有一支来自五湖四海的庞大队伍，需要饶斌同志这样水平更高、能力更强的人来带这支队伍。另外，我们还要和苏联谈判，要聘请一大批苏联专家。我虽然懂俄语，但在处理国际事务方面，不如饶斌同志有经验。"

郭力的这段肺腑之言，令江华十分感慨，让他从中看到了一名老共产党员的党性原则，一个以事业为重、不计较个人名利的政治家的风度，一个谦逊、朴实、坦诚、胸怀宽广的领导干部的高风亮节。

郭力胸襟宽阔，具有很高的领导艺术。他甘为人梯和桥梁。1959年初，"红旗"定型后立即按正规工作程序进行生产准备。为抢时间、赶进度，第一辆样车的技术不过关，有些冒进。此时，郭力提出他的见解，他说："什么是跃进？跃进就是在正常轨道上，加速运行。"他的这一革命热情与客观事物发展规律有机结合的见解，在当时的氛围下提出，是难能可贵的，表现出了他处事冷静、求实的一贯态度和风格。

郭力实事求是的工作作风，也给当时的同事们留下了深刻的印象。李刚回忆说，面对被打乱的生产秩序和严峻形势，1959年底，当郭力重新担任一汽厂长时，做出了一系列正确的决策——将工作重点和主要力量有计划、有重点地转向企业整顿，使一汽逐步走上正轨，为后来年产

6万辆汽车打下了坚实的基础，真正地形成了小批量生产能力。

在郭力主政的5年间，一汽建立了"红旗"牌轿车、越野车两个生产基地，由单一品种生产发展成卡车、军车、轿车、轻型车等多品种的生产。

1964年8月，郭力奉命从长春赴北京，在原汽车局的基础上筹建中国汽车工业公司。1965年1月，郭力被正式任命为第一机械工业部副部长兼中国汽车工业公司经理。1965年，一汽生产能力突破年产3万辆的设计规划，达到4万辆水平。那段时间是一汽生产管理的一个黄金期。

1972年春，郭力回到一机部工作。1976年2月，因病去世，享年60岁。

"新中国汽车技术奠基人"——孟少农

孟少农，原名孟庆基，参加革命后改为孟少农。1915年12月12日出生于北京，祖籍为湖南省桃源县仙人乡。1946—1948年，他在清华大学执教，白手

孟少农

起家创办我国第一个汽车专业班。师资不足，他独授汽车工程、机械制造、工具学等课。他还给清华大学机械系金工实习工厂充实了先进的靠模车床、工具磨床、万能铣与六角车床。在教学工具方面，他替系内购置了教学用的微型电影放映机与幻灯机，系内每周课外皆放映国外机械产品、加工方法等工程科技电影。他一面教书，一面编辑《清华学报》，撰写论文，发表、传授新技术理论。

重工业部汽车工业筹备组副主任孟少农（右一）与苏联专家

1950 年 3 月初，国家重工业部成立了汽车工业筹备组，孟少农任副主任。孟少农主要抓了两件事：一是调查研究，收集旧中国有关汽车和汽车工业的基本情况；二是集结和培养技术骨干。他凭着原来在清华大学任教等诸多条件，广泛招集人才，很快集合起一支新老技术人员近 200 人的精干队伍。为培养这支队伍，他一方面办学习班，亲自授课；一方面在北京建起一个千余平方米的实验室，组织拆装汽车；同时，和京津的几所大学联合进行了高年级学生下厂实习，为新中国汽车工业培训了第一批人才，这批人才以后都成为我国汽车界的主要骨干力量。

1950 年 12 月 2 日，按照毛主席与斯大林签订的协议，苏联汽车工厂设计专家组来到北京，参与援建汽车制造厂的筹备工作。1951 年春节前，孟少农陪同苏联专家去长春考察，选定了一汽的厂址。

筹备一汽建厂时期，他根据工厂生产发展和管理需要，在苏联专家帮助下，创办了长春汽车工业学校，培养了一大批中级汽车人才。为培养高级汽车工业人才，他创办了我国唯一的一所汽车拖拉机学院，并选派一批技术骨干去任教。

1952 年 7 月，孟少农被派驻莫斯科代表小组，负责办理一汽技术设计联络、设备订货与分交、聘请专家、派遣实习人员等事宜。经与多方反复商定，一汽从苏联引进工厂设计、产品设计、工艺设计、工装设备、技术文件；订购成套设备 5000 余台；聘请各类专家近 200 名；派遣实习生近 600 名。

一年以后，孟少农回国，出任一汽副厂长兼副总工程师。在整整三年的建厂阶段，孟少农把全部精力、智慧倾注在一汽建设上。他不仅口头讲，还详细写出工厂组织机构、工作制度、工作内容、工作路线、人员职责等资料，使全厂机构及时地运转起来，奠定了建厂工作的基础。

1955 年下半年，一汽进入零件调试阶段，孟少农主管产品设计、工艺、冶金和生产准备等部门工作，经常深入现场，检查了解零件调试计划执行情况，及时解决处理一些重大技术问题，保证调试生产按计划进行。

1956 年 7 月 15 日，一汽经过三年艰苦奋战，胜利投产。此时，他把主要精力转移到如何提高质量和发展多品种问题上。1956 年 11 月，他组织制订了一汽"解放"牌汽车设计改进和发展新品种规划，其中包含"解放"车的改进、设计 CA-11 型平头新"解放"及其派生的自卸车、牵引车、公共汽车和开发军用车和轿车系列。经过多年努力，除公共汽车外，其余全部实现。

20 世纪 60 年代初，一汽按照苏联吉尔 157 图纸，试制出两批军用越野车，但存在不少质量问题，不能正式投产，急需修改设计。孟少农非常重视该车的设计改进工作，他组织人员到部队调查，集合有关人员讨论改进方案，并反复论证，还亲自参与审定整车和各个总成设计结构与图纸，深入图桌旁指导工作。在他的领导主持下，军用越野车 1964 年正式投产，质量很好。

孟少农在国家科委的支持下，组织研制了 120 系列 V8 柴油机，并亲自参与和指导该机设计。1964 年试制出样品，这是一汽一次最好的高质量的总成样品试制。样机一次试验成功，鉴定合格，成为一汽第一个汽车发动机产品储备。孟少农最早提出并重视我国小轿车的开发。早在 20 世纪 50 年代中期，他就提出一汽开发小轿车的设想。经过全厂职工的努力，一汽于 1958 年 5 月上旬，试制出我国第一辆"东风"牌轿车。

1958 年下半年，中央给一汽下达自制高级轿车的任务。试制中，重大技术问题都由孟少农拍板决定。我国第一批"红旗"高级轿车，只经过一年多时间即试制成功，并参加了国庆 10 周年的检阅和接待外宾工作。

孟少农检查"红旗"发动机运转

　　孟少农为一汽的筹备、建设、建成投产、老产品改进和新产品开发研制等工作勤奋苦战了 15 个春秋，为一汽 20 世纪 50 年代"出汽车、出人才、出经验"做出了卓越贡献。在他离开一汽时，一汽已有 3 个系列品种和 30 多种变型专用车投产……

　　1978 年，孟少农转战到二汽，正值二汽建设最艰难的时刻。那时，二汽建设因受"文化大革命"的影响，五吨民用车质量问题很多，不能投产；军用车也存在大量质量问题，处于进退两难的境地。他将这次全面攻关称为"背水一战"，动员全厂，集中力量会战。经过半年多的苦战，攻克了 EQ140、EQ240 两种汽车 86 项重大难关，并于当年投产。新出产的"东风"车以马力大、速度快、耗油低、轻便灵活、视野开阔等先进性能而闻名全国。特别在对越自卫反击战中，"东风"车大显神威，被广大指战员赞为"英雄车""功臣车"。

改革开放后，孟少农十分重视引进先进技术。他积极支持二汽领导引进美国康明斯工程公司的柴油机来提高国内柴油机的设计和生产水平的主张。二汽已在襄樊（今襄阳市）基地建厂，年产 6 万台。他积极促进与日本日产柴公司合作，但只引进驾驶室、变速箱与前后桥总成，我国自己搞整车设计（八吨平头柴油车和三吨半军用车）。这样既充分掌握主动权，还能又快又好地上手。

孟少农晚年时期，在二汽艰苦奋斗了整整 10 个春秋。为二汽闯过质量、滞销、缓建三大难关，为二汽发展横向联合经营、长远兴旺发展做出了巨大贡献。

孟少农一生刻苦学习，致力钻研汽车技术，成果丰硕，贡献卓著。他学识渊博，造诣深厚，术业专攻，对于解决中国汽车工业的技术问题提出了许多宝贵的真知灼见。1988 年 1 月 15 日，孟少农因病逝世于北京，享年 73 岁。

饶斌、郭力、孟少农三位中国汽车工业的奠基人，为我国汽车事业建立了不朽功勋，他们把中国汽车一穷二白的面貌彻底改变，他们因团结协作的创业精神被后人视为"中国汽车史上最强三人组"，照耀中国汽车工业不断走向辉煌。

## 先进模范星光闪耀

在热火朝天的一汽建设工地，来自祖国四面八方的建设者们满腔热血，在那激情燃烧的岁月里，与冰天雪地斗，与艰难困苦斗，勤奋工作，奋发图强，涌现出了一大批先进人物，在一汽树立起了一座座人人敬仰的劳模丰碑。

来自农村的基层干部温恒德，当年刚刚47岁，因常年辛苦劳动，面容显老，大家都叫他"老温头"。他在家乡当过村主任、县民运部部长和供销合作总社科长等。刚到一汽时，他被分配到房产处锅炉房当主任。在当时艰苦的条件下，他组织了100多名锅炉工人，日夜苦干。平时他身先士卒，工作在锅炉第一线，有时锅炉工病休，他就亲自顶上，身体病了，也不下火线；有时工作忙，一天只能吃上一顿饭。他视单位为家，锅炉坏了，自己出钱买配件装上。为了保证生产正常运行，他曾经连续三个月不回家，吃、住在锅炉房里。他关心群众疾苦，帮助他们解决实际困难，因而赢得了大家的信赖。

在他的带领下，全厂锅炉设备始终保持正常运转，保证了生产与生活取暖的需要。在建厂初期热能设备不足的艰苦条件下，能做到这一点是十分不易的。可以想象，他为此付出的艰辛和努力。1956 年，温恒德光荣地出席了全国先进生产者代表会议，受到党和国家领导人的接见。

机修车间技术工人胡年荣，也是厂内人人皆知的先进人物。在工作中，他刻苦钻研，广开思路，不断改进操作方法。在承接热处理车间设备安装急需的 18 根镍铬硅耐热钢管的加工任务中，他开动脑筋，大胆试验，改进了加工刀具，以每根 3.05 分钟的速度完成安装，提高工效 50 倍，提前完成了原来需要 8 个多月才能完成的任务。为此，1956 年 2 月 7 日，一汽党委做出决定，号召全厂职工学习胡年荣的首创精神。这年 5 月，胡年荣光荣地参加了全国先进生产者代表会议。

王继义，是一位有名的能工巧匠，他原来在山东烟台机床厂工作，1953 年告别老家，来到东北，支援一汽建设。在第一辆"解放"牌汽车生产过程中，他负责组织加工第一热处理车间贯通式渗碳炉的煤气分离重点铬钢管任务。工作中，他大胆采用"三点定圆"的加工方法，提高加工效率

51 倍以上，为我国第一辆"解放"牌汽车的诞生做出了突出贡献。为此，他于 1955 年、1956 年连续两年被授予"省、市、厂劳动模范"光荣称号。1956 年，他光荣地出席了全国先进生产者代表会议。

创业初期的先进人物中，还有不少刚跨出校门的年轻人，李龙天、沈惠敏就是他们中间的优秀代表。齿轮是汽车构造中极其重要的关键部件，齿轮加工是汽车零部件加工中难度最大的加工工序之一。建厂初期，苏联在开始帮助我们规划和设计汽车厂时就指出了这一点，到了预定投产的 1956 年，苏联还不能提供专门用来加工生产汽车后桥齿轮的"格里申"机床。二战后，曾有一批"格里申"机床散布在全国各地。国家汽车工业筹备组设法将这些设备调集到长春一汽。李龙天等技术人员与工人将调集来的机床一台台安装、清洗并开动起来，再配上刀具、夹具和辅具进行试生产。现在看来，这算不上什么了不起的事情，然而在当时确实是困难重重。他们夜以继日、不知疲倦地一点点弄懂它的原理，不仅进行了大量烦琐的计算和刀具、夹具、辅具的设计，还要进行实践操作。同时他们还要边学俄语，边翻译苏联提供的技术资料。由于他们刻苦学习，辛勤劳动，终于让第一台国产汽车装上了中国人自己生产出来的齿轮，新中国的汽车工业就是他们用智慧和汗水凝聚而成的。

沈惠敏，1953 年于青岛工学院纺织专业毕业后，被分配到一汽设计处任技术员，从事汽车非金属材料的试验研究工作。1956 年开工生产前，汽车坐垫用漆布的质量一直不能达到使用要求，而送来检验的漆布样品又很多，随来随检，工作量很大。她开动脑筋，坚持试验方法的革新，经过多次反复试验，创造出漆布折叠试验法，缩短了试验时间，同时提高了工效，保证了开工生产的需要，受到了当时苏联设计总专家的赞扬。

毛儒宝，是 1953 年响应祖国的召唤参加一汽建设的，他在学校学的是化工机械专业。来到一汽工地，因工作需要被分配到技术监督处担任基建材料的检验工作。他认真钻研业务，改进试验程序，合理组织工作，极大地提高了建筑钢材性能试验工效。在此期间，他和同志们提出的"试制与采用硬性混凝土""合理使用过期水泥配制水泥砂浆代替白灰砂浆""改进钢材的装卸运输"等多项合理化建议，被采纳后取得了显著的经济效益。

刚从长春汽车学校训练班毕业被分配到一汽的于金玲，担任描图组的组长，看到日益增多的设计图纸，她感到肩上责任之重。她带领全组 22 名年轻人开动脑筋想办法，大胆革新，摸索出了一套先进、高效、有序的大流水式描图工作方法。他们就是用这种方法，在建厂初的三年里，发扬连续作战的精神，高质量地完成了一批又一批设计图纸，为第一辆国产汽车的产出做出了不平凡的业绩。1956年，于金玲光荣地出席了全国机械工业先进生产者代表会议，受到党和国家领导人的亲切接见。

彭映蓓，这位当年名扬车城的女能人，因为工作出色，尤其是技术革新成绩显著，成为铸造厂历史上第一位全国劳模。球磨机是生产的薄弱环节，她于1959年1月参加全国妇女社会主义积极分子代表会议回厂后，立即接受了对球磨机的革新改造任务。

为了提高球磨机生产能力，她天天不离现场，经常和工人一起干活，随时找大家谈，拜工人为师，哪里不懂就虚心请教。她不仅在班中、班后向车间里的师傅学习，她还向外厂的师傅请教，她的求师足迹遍布了热电站、面粉厂等有球磨机旋风分离器的单位。功夫不负有心人，在深入调查、反复研究的基础上，她很快就摸准了球磨机生产能力低的问题所在，在比较热电站的球磨机得到启发后，开始了大胆试验。她带领小组成员，经过九次改进试验，终于解决了旋风分离器等影响产量的关键问题，使煤粉产量提高到每小时5吨以上。经过连续观察摸索，她又改进了小料斗自锁阀门，提高小料斗的下料量，使产量提高到每小时8吨以上，终于达到了300量份的要求。与此同时，她还和小组工人一起研究提高卧式烘砂滚筒的产量，采用扩大加料口、提高温度加快转速等措施，使产量由原来每小时 8 吨多提高到每小时 16 吨，使碾砂材料四大系统都满足了班产 300 量份的要求。

## 厂里的年轻人

一汽的创业历程，可以说是一代青年人的创业史。全厂职工有 1.8 万多人，几乎都是年轻人。他们充满着青春活力，一心要为社会主义建设发挥光和热。

在那个激情燃烧的年代，为提前完成工期、锻炼队伍，一汽举行了各种劳动竞赛，涌现出了大批先进生产者和各种岗位的先进标兵，以及青年社会主义建设积极分子。一汽的青年们不仅是生产技术工作的生力军，在其他各种活动中也发挥了突击尖兵的作用。由团组织命名的"青"字号组织遍布全厂，如"青年突击队""青年节约队""青年攻关队"等，都取得了优异业绩。

当时，厂里有个"青年监督岗"，影响非常大。这个组织是一汽总厂团委发起的，目的是加强生产过程中的监督，以提高产品质量。同时，引导工人正确使用和维护设备，

节约材料，安全生产。在厂党委和厂长的支持下，1956年
3月18日，各单位普遍成立了"青年监督岗"。监督岗岗长
一般由团干部担任，吸收责任心强、敢于监督的团员和青
年积极分子做"岗员"。"青年监督岗"在同级党组织和车间
主任的支持下，以模范行动，大胆监督，明辨是非，批评
各种违反文明生产的人和事。工具车间切削工部有一个工
人常出废品，人们送他一个外号叫"废品大王"。车间的"青
年监督岗"在《岗报》上对他敲起了警钟，并责成有经验的
技工去帮助他，使他很快改正了毛病。

夜校学习一角

充满激情的岁月

　　为了适应现代化生产的需要，一汽号召青年们结合工厂发展规划，制订出个人"两年规划"，向科学文化进军。全厂广大青年职工根据自己的实际情况，纷纷定出自己在两年内奋斗的目标。个人规划的内容一般包括：政治上争取入团、入党；文化上达到中专或大专程度；技术上提高一级至二级。有的青年职工把学会滑冰、跳舞和取得"劳卫制"合格证书也写进规划中。文化程度较高的技术、管理干部还提出在两年内达到几级工程师、工艺师、机械师、会计师、统计师和提高一个业务能力档次的目标。工厂为职工的学习创造了条件，开办了各类业余学校，并建设了一支水平较高的兼职教师队伍。青年们除了上班工作，业余的大部分时间都用于学习。每天五点下班，青年们便匆匆跑到食堂吃点饭，又小跑着直奔教育大楼，赶去那里上夜校。倒夜班的人早晨六点钟去上课。

青年们你追我赶，一个赛一个的学习劲头还表现在对专业技能的学习和钻研上。在工会、青年团组织的倡导下，青年工人同高级技工结对子，订立师徒合同，按规划目标包教包学。变速箱车间技术科长、齿轮专家曹传昌和青年技术员王显洪共同创造了"连锁教学法"，工程师带技术员，技术员带调整工，调整工带工序工。这个方法在全厂得到迅速推广。

在这样浓厚的学习气氛中，全厂职工，特别是那些原来技术不高的二、三级工，技术水平提高很快，在较短的时间内就胜任了自己的岗位。机修车间青年钳工李治国，坚持刻苦学习真本领，能独立处理技术难题，他刚满23岁的时候，就被评为七级技工。由于他爱岗敬业，技术过硬，又有赴苏联实习的经历，因此，他荣幸地代表一汽万名团员青年，作为中国青年代表团成员赴莫斯科参加了世人瞩目的"第六届世界青年联欢节"。

对于当年参加"第六届世界青年联欢节"的情景，李治国记忆犹新："我代表一汽上万名团员和青年到首都北京报到，准备赴苏联莫斯科参加举世瞩目的'第六届世界青年联欢节'。在到苏联前，我就想有机会参观汽车厂。苏联的斯大林汽车厂是包建中国第一汽车制造厂的主要厂家，在苏联'十二大'之后更名为李哈乔夫汽车制造厂。该厂不仅向一汽转让了吉斯150型汽车的全部软件技术及主要硬件，还派出百余名苏联专家深入一汽建设现场指导土建、设备安装，直至零件的调试与装配出车。培训干部讲技术理论，手把手教工人实际操作，为我国培养了第一代汽车工人与专家。一汽也曾派了数百人到苏联实习，为中国汽车工业打下了牢固基础。"

苏联专家在帮助调试发动机

"在参加联欢节期间，一位中文系的大学生作为翻译陪同我们来到了这个苏联最大的汽车厂。在工厂大门上方挂着写有中苏两国文字'热烈欢迎中国一汽的使者李治国同志'的横幅，还举行了隆重的欢迎仪式。当时在该厂实习与接受培训的12名中国技术人员也参加了欢迎仪式。之后，在团委书记的陪同下，我们开始参观工厂。访问即将结束时，工厂报社的记者对我进行了采访。第二天的厂报上刊登了采访我的文章，同时还刊登了我的一幅速写画像。在李哈乔夫汽车厂的访问中，我深感他们对中国、对一汽充满着无限的兄弟般的情谊……"

当年的一汽，年轻人的业余生活也被安排得丰富多彩。植树季节，每逢星期天，青年们高举着团旗，扛着铁锹，拉着树苗，担着土篮子，成群结队地来到指定地点，高高兴兴地栽种树苗和花草。大家在义务劳动中建起了占地80亩的"共青团花园"。

汽车城里，业余文体活动也红红火火。各车间都有体协组织。青年们自己动手修篮球场，制作单杠、双杠、哑铃、杠铃，开展各类体育比赛。由厂体协组建的篮球、足球、冰球、乒乓球、举重、体操、田径队等，都参加过吉林省、长春市及一机部举办的体育运动会。厂篮球队还代表一机部参加了全国性体育大赛，为一汽扩大了影响、为全行业争了光。工会、团组织还引导青年们读好书、看好电影，举办"读书报告会"和"电影报告会"，请著名作家、演员到厂做报告。每到周末还举行舞会，组织文艺汇演。青年职工的业余文艺创作，特别是诗歌创作也非常活跃，涌现出一批工人业余作者，他们的作品陆续发表在省市乃至全国的报刊上。他们用真情、用诗歌歌颂祖国，赞美一汽。正因为此，汽车城曾被誉为"诗城"。

绘制图纸的技术人员

　　一汽的建设是我国汽车工业发展史上速度最快、投资效果最好的范例，有许多宝贵经验值得总结推广。当时，一汽中央设计室的主要任务不是工艺装备、非标设备的设计，而是翻译、描晒、供应图纸。其中工作量最大的是描图，描图员最多的时候曾达到100多人。这100多名描图员中，多数是解放初期长春市的初中、高小毕业生，还有一部分是从上海、武汉、北京、沈阳等地调来的描图员。大多数在18岁以下，是一支充满青春活力、朝气蓬勃的队伍。新进厂的学生首先要进行三个月的短期集中训练。在训练中不仅学技术，还要学政治，业务方面主要是学习机械制图知识与实际操作技能。通过学习，学员们增强了参加重点建设的光荣感，坚定了努力做好工作的决心。

　　为了保质保量、按期完成图纸的复制供应工作，中央设计室党支部还组织了轰轰烈烈的劳动竞赛。100多名描图员共分11个小组，按各组的人数与定额下达指标。每天有专人进行考核与统计，每月末进行一次小评，给优胜小组发流动红旗。年底进行总评，评选出先进个人与先进集体。在竞赛中，中央设计室描图组首创了"大流水描图作业法"，改变了一人画一张图的传统描法。大流水描图作业法就是每个组一次铺满十几张桌子的图纸，分成画边框盖图章，点画细线打箭头，直虚线、曲虚线，直实线、曲实线，写字等若干道工序。根据每个人的技术专长分担一道工序。心灵手巧的姑娘们可以担负描细线工作，动作迅速、利落的小伙子可担负描实线工作，仿宋字写得又快又好的人专门负责写字。这种大流水作业法普遍推广后，使描图效率提高了50%。通过竞赛，各道工序上都涌现出一批能手。建厂初期，一汽中央设计室描图组多次被评为"先进集体"，有的先进典型还出席了全国劳模先进代表大会，受到过毛泽东主席和其他党和国家领导人的接见。

## 摘掉业务"白帽子"

当年，一汽的职工来自全国各地，口音南腔北调，性格各不相同，但有一个共同之处，那就是谁都没造过汽车，大家共同为造车梦而来。从部队和地方转业的干部大多数没搞过工业，更没有搞过现代化的大工业；从农村来的干部和工人根本没见过大工厂，有的甚至没见过汽车；刚刚从学校毕业分配来的青年学生也只不过是熟悉一些书本知识，缺乏实际工作经验。因此，刻苦学习、提高技术就成为摆在一汽全体职工面前的头等大事。

代表国家，具体领导一汽建设的一机部部长黄敬，把不懂工业的部队转业干部比喻为"白帽子"。当时厂里有个大目标——三年摘掉"白帽子"，这对摘"白帽子"，形成一种精神推动力。

1952年7月，厂里设置了训练处，1953年12月更名为技术教育处，聘请苏联教育专家指导工作，厂里还抽调几十名大学的毕业生担任教员，形成了文化教育从小学、初中到高中，技术教育从中技校到夜大的比较完整的教育系统。

为了提高领导干部的文化水平和技术知识，技术教育处专门设立了一个领导干部业余进修班，1954年在长春郊区正式开学。当时领导干部都住在市内，大家都是利用业余时间上课学习，每天早上六点半左右乘大客车来厂，七点准时上课，九点下课赶去上班，星期日就借用市内托儿所补习，或周日做实验。不管刮风下雨，还是冰天雪地，天天上课学习，就这样足足坚持了三年。通过在这次领导干部进修班的学习，一批从党政军农各条战线调来的干部逐步掌握了新技能，很快摘掉了"白帽子"。

1956年统计资料显示，当年职工人数为18719人，参加各种短期技术、业务培训的职工共有32219人次；参加新工人培训班、技工晋级学习班、初级理论学习班、各种生产技术专题学习班的职工有24180人次；参加业余文化

干部职工去夜校学习

学习的共有 4300 人次，此数字不包括到外地委托工厂、学校培训的人员。

那时的一汽全体职工都有强烈的求知欲望，养成了良好的学习习惯，人们如饥似渴地把所有的业余时间都用上了。因为一切都是新的、陌生的，白天的工作实际上就是学习，就是反复演练。一天下来，身体已经很疲倦了，但还要用业余时间参加学习，补充自己不足的知识，这要付出很大的精力。尤其是冬天，最冷时达到零下 30℃，大风雪刮得人睁不开眼睛，大多数职工还是坚持清晨去教育大楼上课，下课后又匆匆赶去上班。很多同志下班后来不及吃晚饭就赶去上课，晚上八九点才回家。

数九寒天，清晨时外面还漆黑一片，刺骨的寒风卷着漫天大雪，吹到脸上像刀割一样，可通向教室的雪地上，早早印下了同志们的脚印。有些文化基础差的学员，听课笔记记不下来，就借笔记带回家抄写。迎酷暑，战严寒，建设者们的工夫没有白费，通过业余学习，他们不仅初步掌握了汽车制造的基础知识，还学会了亲自操作机床、汽车驾驶，实现了外行变内行，成了摘掉"白帽子"的行家里手。

# 第五章

## 奋斗实现梦想

　　经过三年艰苦卓绝的努力，全国人民热切关注的一汽终于建成，并且如期开工投产了。此刻，它向世人庄严宣告：中国第一个汽车制造厂建设成功了！三年前，这里还是日本侵略者留下的细菌工厂废墟，满目断壁残垣，蒿草丛生，狐兔出没。如今，还是在这片土地上，一座宏伟壮丽的现代化汽车城拔地而起！化腐朽为神奇，中华儿女多年的汽车梦即将成真，从此，中国汽车工业将展开翅膀，一路翱翔。

日本"100"部队旧址

## 载入史册的奠基日

1956 年 10 月 15 日，是所有一汽人终生难忘的日子。长春第一汽车制造厂开工盛典即将举行！

经过 3 年夜以继日的奋战，按照初始的设计规模，一汽的基础设施建设已完全达到预定的生产能力。功能齐全的厂房，鳞次栉比的职工宿舍楼分布在一汽厂区，一座现代化汽车城横空出世。

建成后的一汽厂区

在工厂区，占地 150 公顷的总面积中，建筑物面积 38 万平方米，安装设备 7552 台（套），电气网络 1.87 万米，铁路专用线 27.9 千米，总计完成工程项目 55 项。这里有高大宽广的十大工场：铸工场、锻工场、压制车身工场、摩托工场、底盘工场、木工场、辅助工场、有色修铸工场、模型工场、整径工场。还有能源工程：热电站、煤气站、氧气站、空气压缩站、乙炔站以及硫酸站、供水建筑、国家储备仓库、总仓库等。这些宏大的建筑整齐地排列在方圆几千米的灰色菱花围墙内。

工厂一号大门坐南朝北，一进大门便是宽阔的中央大道。大道中间是草坪和花坛，中央大道两侧排列着生产厂房和车间。这里有生产汽车毛坯件的铸工车间、有色修铸车间、锻工车间；有将各种毛坯或钢材加工成零件、合件、总成的发动机车间和底盘车间、金属品车间；有用钢板经过冲压、焊接制成零合件、总成的冲压车间；有将各总成、合件及零件组装成整车的总装配车间；有为制造汽车所需要的两万多种刀具、夹具、量具、冲模、模型的工具系统车间；有担负全厂设备修理、制造的机修、电修等修理车间，等等。在中央大道中段附近主要厂区内，以西面的总装配车间为聚集点，从其他三个方向修建了各个车间通往总装配车间的空中运输桥和地下运输道。各主要生产车间和库房都有铁路支线，火车可以直接开进这些厂房或仓库。

工厂设计吸收了汽车工业最新技术成果，各生产车间均采用了先进的工艺、技术和装备。十大工场中，厂房面积最大的当数辅助工场（面积约 76404 平方米）、摩托工场（面积约 77800 平方米），一座座厂房里呈现的是钢铁的森林和机器的海洋，尤其是摩托工场和底盘工场，不但浩大宽广，技术装备还先进，云集了全厂最主要的流水生产线，集中了现代化汽车工业技术最新的结晶。

全厂各条生产线中最吸引人的地方，莫过于总装配车间的那一百多米长的汽车总装配线了。从各车间几百条流水生产线上生产的零配件、总成，汇集到这里。在缓缓运行的总装线上，装配工人们操作着自动或半自动工具，把零配件及总成固定到底盘上，每隔六七分钟便有一台油光发亮的墨绿色"解放"牌汽车伴随着清脆的喇叭声，闪着耀眼的灯光，开出总装配线。

坐落在厂区西南方向的是动力区。这里有占地 30 万平方米的热电站，它与一号门遥遥相对，那一字排开的大烟囱和耸立在旁边的多边形冷却塔，展示了一汽的雄姿。它不仅把电、蒸汽等能源动力源源不断地输送给工厂，同时也为职工生活区提供全部能源，还向国家电网输送电力。

新建的生活区，宿舍楼整洁优雅，住宅楼之间有宽敞的绿化带和街心花园。在通往厂区的林荫道上有公共汽车、有轨电车；街心广场周围有百货公司、新华书店、邮电局、银行……一座装备先进、设施齐全的工业化汽车制造厂展现在了人们面前。

这天，典礼开始前，一号门前的广场上，集合了两万多名由职工、家属和土建、安装工人等代表组成的欢庆队伍。主席台上，红旗招展，鲜花争妍，映衬着巨幅毛主席像和"开工典礼"四个大字，显得格外喜庆。主席台上，贵宾满座，每个人都喜笑颜开，给大会增添了欢乐气氛。

开工典礼由第一副厂长兼总工程师郭力主持，厂长饶斌致辞。接着，苏联汽车工业部副部长西里方诺夫、苏联专家组组长希格乔夫、时任国家验收委员会主任委员孔祥祯、中央第一机械工业部部长黄敬、国家建筑工程部副部长宋裕和、国家汽车工业管理局局长张逢时、中共吉林省委书记赵林、长春市委第一书记宋洁涵、一汽党委书记赵明新以及职工代表等相继讲话。大会还收到了许多来自全国各地的贺电、贺信。典礼上，苏联李哈乔夫汽车厂厂长向一汽赠送了一尊铁质的捍卫和平武士的雕像和一面锦旗。

别开生面的献礼节目把典礼推向高潮。只见，全场人员起立，掌声、喝彩声、音乐声响成一片。这时，主席台的左面，徐徐驶出了一辆第一汽车制造厂生产的000002号"解放"牌汽车，这是为答谢苏联政府和人民对一汽的无私援助，以一汽全厂职工的名义赠送给苏联的纪念礼物。接着，又分别向苏联汽车工业部、李哈乔夫汽车厂和曾参加一汽建设的土建、安装等部门赠送了锦旗。最后，在热烈的掌声中，宣读了一汽给李哈乔夫汽车厂和国内兄弟协作厂、材料厂、基建单位的感谢信。

这次开工盛典的隆重举行，标志着我国汽车工业基地——第一汽车制造厂已经胜利建成，宣告建设阶段转向全面投产阶段。这一天，是一汽人终生难忘的节日，在此之前的1956年7月13日，第一辆"解放"牌汽车已经试制成功，结束了我国不能生产汽车的历史。自此，全厂职工豪情满怀，以崭新的姿态，投入全面生产建设之中。

## "庞然大物"运进厂

一汽卡车厂板冲压车间的3500吨大型压力机，是1954年苏联莫斯科李哈乔夫汽车厂为支援一汽建设，专门为长春一汽设计和制造的。这台机床是为一汽投产立下大功的设备，是当时国内外闻名的最大吨位的压力机。

这台大型压力机是苏联制造的第一台特大型设备，苏联政府对此也极为重视，派遣了众多优秀的科研人员、设计人员和使用单位的技术人员在李哈乔夫汽车厂机械处组成联合设计组，并参考先进的样机进行设计。这台大型压力机，作为承担 3500 吨压力生产卡车大梁的专用设备，在当时世界上也是比较先进的。

研制这台全新技术的大型设备是在极端保密的情况下进行的。李哈乔夫汽车厂为此特地建了一个新厂房，专门用于该设备的安装调试工作。当这台 3500 吨大压力机制造完成时已是 1957 年初，当时一汽开工生产已经将近一年。装车所需要的车架大梁，全是从苏联李哈乔夫汽车厂运到一汽来的。可想而知，当时一汽多么想把这台设备运来安装、调试，并尽快用于"解放"车的正常生产中。

这台压力机的总重量有 700 多吨，可谓一件"庞然大物"。它共有 49 个零部件，其中大的零部件有 148 吨重的底座、113.3 吨重的滑块、160 吨重的主传动箱（床头箱），以及每根重 13.5 吨、长 13 米多的 4 根大螺杆。当时苏联和我国的铁路都不具备长途运输的条件，为了把这样一个庞然大物从莫斯科运到长春，在设计和制造的同时，两国的有关部门和技术人员沿铁路线进行了考察，制订了切实可行的方案。据苏联《真理报》介绍，为了把这台设备运到中国长春，需十三四节特殊加长的火车车厢。为此，苏联的一个机车制造厂特制了一辆载重 185 吨，有 16 根车轴，底板为元宝形的特殊火车车厢，以满足把这个庞然大物解体后装车运送的需要。

苏联生产的支援一汽建设的第一台 3500 吨巨型压力机

这台大型压力机对一汽批量生产汽车底盘及零部件，提升冲压质量，意义重大。什么时候能生产出自己的汽车车架大梁，也成为全厂上下十分关注的事情。基建设备管理部门对此更为着急，大压力机哪一天发出，哪一天到达哪一个车站，哪一天在满洲里整车过轨，都有专人跟踪、负责。经过中苏两国有关单位的领导、技术人员和工人的共同努力，终于在1957年5月下旬，把这个庞然大物全部运到了一汽厂区。

这个庞然大物的安装是一项十分艰巨的任务，因为无论是负责设备安装的安装公司，还是一汽的生产准备人员，都没有安装过这样庞大的机床，谁也预测不了在安装过程中会出现哪些问题。由于压力机体积大，三个主要部件都在百吨以上，而冲压车间的现有天车只有50吨，两者悬殊。最后决定从实际情况出发，集中群众的智慧，创造性地运用自己的土洋结合的方法进行安装。

安装中遇到的第一个困难就是如何把底座、滑块、床头箱这三个大件运到安装地点。3500吨压力机的安装位置在冲压车间厂房的一开间，而装运这三个大件的火车车皮只能停在十开间，从火车上卸下来后还有一段距离。装卸运输组组长沈维全前一天就到现场实地调查，与另一个组长郝文涛商量，决定采用一种"吊、顶、滚、拉"的土办法。

先用油压千斤顶把物件顶起一条缝，塞进一根钢轨，抹上黄油，再用同样的办法塞进另一根钢轨，逐步把大型部件卸到铁道旁边，再用卷扬机、撬杠和棍棒把这三个大家伙一步步挪到安装地点。就这样，仅用一周时间就完成了原定需要一个多月的计划任务。

安装中遇到的另一个困难是如何给刚刚运到的重达148吨的压床底座翻身，由于运载底座时是把它四点悬挂倒扣在专用车厢上的，所以在安装前需要把它翻个身，才能再开展其他安装工作。冲压车间工人采用两个铁支架、卷扬机和几个滑轮组，在半天时间里，把这个底座成功地翻了个身。

经过5个多月的努力奋战，1957年11月7日，这个庞然大物终于安装成功。经过多次调试，设备终于运转良好，开始正式交付生产。从此，我国开启了全部零部件自行冲压生产的汽车制造阶段。

## 第一炉"可锻铁水"

一汽从破土动工那天算起，根据"三年建成"的指示，就确定了1956年7月15日完成建厂、开始生产汽车的宏伟目标。可是作为汽车生产非常重要的第一道工序——铸造车间的设计资料，却由于设计复杂，苏方交付时间延迟了半年多，直到1953年末，才陆续收到。1954年开始动工，时间更仓促了。当时苏方提出为了保证三年建成投产，第一批生产汽车的铸件由苏联供应毛坯。这一消息，使所有铸造线上的职工的心情很不平静。大家纷纷请战，决心提前建成铸造车间，使祖国第一批生产的汽车能装用自己的铸件。厂里同意并大力支持这个意见，奋战就这样展开了。

到1954年冬季，所有庞大的地下工程以及密如丛林的水泥立柱顺利建立起来了。然而，东北冬季严寒，占地12万平方米的地下工程必须立即填土养护。更严峻的考验是按照常规，冬季必须停止施工。承担土建任务的解放军工程兵冒着零下二三十摄氏度的严寒，采取分批预热的办法继续施工。他们把人员分为两批，一半人干活，一半人在工棚取暖，半小时一轮换。他们克服了重重困难，保证了土建计划的完成。

到1955年初春，设备、安装、工艺等资料才陆续到齐。由于冷加工还要有一定的调整加工装配时间，要用上自己的铸件，铸工车间的生产必须比7月15日再提前两三个月，这样，铸造车间的建厂时间连两年半都不到了。在此情况下，大家并没有退却，而是互相激励，共同努力。

一汽建设的铸工车间，实际是一个大型铸造厂。厂房总面积 25600 平方米，设备 589 台，设计年产铸件 324 万吨，熔炼灰口铸铁、可锻铸铁等牌号铁水，生产缸体缸盖、后桥壳等所有重要铸件。这个厂的厂房高达 13 米，分为 3 层，地下还有 6 米深的配砂系统。各种动能、通风管道、滑道、悬链、皮带纵横交错，加上各种冷热加工设备，整个车间构成一个非常复杂的系统。

机械加工车间一角

为了抢时间，安装工作必须在土建完工前交叉进行，而且还需从地下到高空多层次作业。这就增加了现场计划调度管理的复杂性。为此，各单位的调度人员每天都提前两小时上班，大家在一起详细检查，周密安排一天的工作。连现场通道的十几座便桥都要规定在哪段时间内归哪个单位行驶，像铁路行车一样严格执行。

交叉施工最怕发生图纸差错。年轻的技术人员分工负责，认真进行各种图纸的综合核对，并保证自己复核的部分绝不出差错。有的同志由于担心已到货的设备尺寸与基础设计可能不相符，便撬开木箱钻到箱内详细地丈量复核，保证准确无误。正是这大量看似平凡，实则相当艰苦的准备工作，确保了工程进度，终于使铸工车间在冷加工调试装配之前，具备了开炉试生产的条件。

到1956年初，厂里确定铸造车间在3月26日开炉试生产。胜利在望了，大家斗志更加高昂。这时，在厂部的领导下，各兄弟车间、职能处室纷纷伸出援助之手，铸工车间缺什么给什么，有的单位还把骨干力量派来参战。在全面协同奋战下，终于在3月25日晚上，灰铸铁的全部设备安装完成了，顺利地进行了空运转试车。正当大家高兴地准备连夜再进行一次带负荷试生产，以迎接开炉生产时，所有的造型机上的砂斗闸门却都打不开了。沙子进不了造型机，怎么办？职工们一筹莫展。看来是砂斗闸门启闭汽缸设计太小了。可是，再设计制造新的也来不及了。

这时已是 26 日凌晨，突然一个年轻机修组组长小声说："开炉试生产用不着开几台碾砂机，开一台就够了。是否可以把另外几台碾砂机上的砂斗气缸拆借过来。"

大家听了，齐声高喊："对，就这么干！"于是，大家立即行动，拆的拆，装的装，一直干到 26 日中午，负荷试车终于成功了，炉膛里流出了第一炉"可锻铁水"。

7 月，汽车后桥、汽缸体等第一批铸件相继浇注成功。

第一炉可锻铁水的出炉，标志着铸工车间已胜利建成投产，为三年建成汽车厂打胜了第一个前哨战。第一炉可锻铁水成型后，马上将其运到锻工车间，炉火通红的锻工车间正式开工。

在锻工车间开工生产的第一天，还留下一段小故事，那是一个让人永生难忘的场面。模锻工部主任王立贵特意换上一套崭新的工作服，脖子上围了一条雪白的毛巾，站在料箱的上边，目光炯炯，仪表堂堂。这个从旧社会过来的老铁匠，激动得仿照毛泽东主席宣布中华人民共和国成立那样，用他那浑厚的山东口音庄严宣布："中华人民共和国……第一汽车制造厂……锻工车间……模锻工部……今天正式开工了……"他的话音未落，全场齐声高呼："开工啦——开工啦——"霎时，掌声雷动，笑声一片，大家都笑出了眼泪。年轻的锻工们在各自的岗位上兢兢业业，他们个个身手不凡，仅仅一天就锻打出 80 根前梁、100 根曲轴。

## 争气的"争气炉"

建厂初期，热处理车间的齿轮渗碳是在苏联援建的连续式有罐气体渗碳炉内生产的，是美国 20 世纪 30 年代开发的产品，当时在国内是最先进的。但在生产实践中，产品质量不稳定。20 世纪 60 年代初，被誉为近代热处理技术三大成就之一的"可控气氛"在世界上很快推广开来，而当时在我国还是一片空白。

1958 年，经总厂同意，一汽向李哈乔夫汽车厂购买单排及双排无罐炉图纸各一套，图纸于同年末到达一汽。但图纸中没有与之匹配的"可控气氛"的发生炉和调节气体浓度的露点仪的图纸。热处理车间考虑自己试制一台无罐炉，得到郭力副厂长的同意和支持。

以前需要的镍金属，可从苏联进口，到 20 世纪 60 年代初，情况发生了变化。获取镍金属源十分困难，就是几千克镍，都要向部里申请，而且价格特别贵。这种情况更激起了职工们的干劲，大家决心加快进行试制无罐炉的各项工作，把研发和为国家节约外汇作为一种动力来开展工作。

在准备工作进行中，机动处、技术处给予热处理车间大力支持，出人力帮助收集资料，参加试验和设计工作。大家查遍所有能查到的国外文献，阅读已发表的文章，有一些是通过当时的厂技术图书馆向北京图书馆、研究所等单位转借的。他们学习、消化收集到的资料，择优定型。

技术人员对照图纸修正机器

　　在"可控气氛"研制中遇到两大难题：一是可依据和参照的东西太少，从杂志上只能看到原理，与实践距离太远了；二是外部条件很差，制造"可控气氛"的燃料丙烷，国外规定纯度必须在 95％以上，可国内最好的也只有 75％的纯度。第一道坎不通过，工作难以进行下去。他们一边沟通炼油厂选择可能达到的最好纯度，一边请求厂里给国家计委打报告，并与石油部、燃料部联系，发扬"水滴石穿"的精神。经过大家不断地做工作，这种研制无罐炉"可控气氛"的丙烷，终于作为一种产品通过国家计委安排到燃料部了。

　　1964 年冬天，需要把原料气体从丙烷站通过管道输送到现场。在一个奇冷的日子，发生炉突然断气，经检查分析确定，是输送管冻结堵塞。管道有 1.5 千米长，经过好几座厂房的房顶，冻在哪里，看不见。怎么办？老工人张景林找来水桶和一根长绳子，从开水房装满开水，上房顶攥着绳子提水，一桶开水一桶开水地沿着管道浇，终于化解疏通开了管道，试验得以继续进行。

　　发生炉在制取气体时要有露点仪对气体浓度进行连续检测，并对进气比例做自动调节。他们只从杂志上了解其工作原理，根据原理，摆脱条条框框的束缚，充分发挥想象力来开发露点仪，克服了在制作中遇到的很多困难。比如：露点仪核心的露点头上面有两根电极，要保持化学稳定性；

玻璃件壁厚局部要求 0.1 毫米；露点头上涂的敷氯化锂极为稀缺；人工控制的温度室要保持制冷性等技术问题。1965 年初，露点仪研制成功。1965 年 9 月，"可控气氛"等研制工作全面告捷。

1965 年 10 月，热处理车间组织无罐炉设计工作。这台无罐炉设计采用先进技术，达到了结构简单、方便维修、经济实用的要求。他们根据对欧、美、日设备的了解和从欧美杂志刊登的样本了解到的大体情况，并根据我国国情和过去几年在有罐炉技术革新上积累的经验，最终确定自己重新设计。就这样，设计组的同志紧张地工作了 6 个月，终于完成了设计任务，从 1966 年 4 月初开始，热处理车间组织了"三结合"制造突击队，同志们起早贪黑地干，于 1966 年 10 月，自行设计、自行制造的第一台煤气加热"可控气氛"连续式渗碳炉诞生了。它达到了 20 世纪 60 年代的国际水平，为我国填补了空白。

首套无罐炉在一汽诞生，揭开了我国"可控气氛"热处理的序幕，创下了几个全国第一。无论无罐炉还是发生炉、露点仪，都是国内第一套。与英国 20 世纪 60 年代生产的无罐炉比较，与他们的水平大致处于同一层次，这说明仅仅用 4 年半的努力，我国在这一技术领域就向前推进了 20 多年。煤气加热无罐炉只能在有煤气供应的工厂生产，为了使用上的方便，热处理车间又决定自己制造电加热无罐炉，于 1969 年初着手设计，10 月下旬制造、安装完毕，调整投产总共不到 1 年时间，其速度之快是空前的。这个电加热无罐炉为我国的汽车制造业争了气，所以，工人们自豪地把这台设备取名为"争气炉"。

## "50 岁老司机笑脸扬"

### ——第一辆"解放"卡车下线

1956 年 7 月 14 日，《人民日报》头版刊发题为"解放牌汽车试制出来"的文章，庆祝我国第一批汽车诞生。中国人能够制造汽车啦！这是一项具有历史意义的壮举，人们怎能不由衷地欢欣鼓舞呢？

1956 年 7 月 14 日上午，在汽车工人俱乐部举行的庆祝建厂 3 周年大会上，一汽向党中央、毛泽东主席发出报捷信。信中写道："敬爱的毛主席和党中央，我们第一汽车制造厂全体职工怀着万分兴奋的心情向您报告：党中央关于力争 3 年建成长春汽车厂的指示，已经实现了！今天，我们正以完成建厂任务和试制出一批国产汽车来热烈庆祝建厂 3 周年。"

庆一汽"解放"牌汽车试制成功

厂里决定让运输车间选出最优秀的汽车司机，去开第一批"解放"牌汽车，参加游行和庆祝大会。司机马国范荣幸地被推选为开第一辆汽车的司机，他的心情无比激动。当时，马国范已是年近半百的人，马上就要开自己制造的汽车，那是多么幸福啊！过去，他开了二十几年外国车，解放了，听说要建自己的汽车厂，造自己的大汽车，他毅然加入了一汽建厂行列。3年间，他天天超额完成任务，年年被评为先进生产者。还有一位被选上的女司机王立忠，在报喜车队中驾驶着国产汽车，人们向她投去羡慕的目光，她永远忘不了那激动人心的时刻。

50 岁老司机马国范

庆祝会后，400多名劳模、先进工作者坐上新装配成功的"解放"牌汽车，组成报捷车队，与全厂职工见面，驱车向省、市委和市民报喜。全厂职工从四面八方汇聚到中央大道，来观看自己亲手制造的第一批"解放"牌汽车。12辆报捷车绕厂一周后，浩浩荡荡地驶向长春市市区。长春市也披上了节日的盛装，到处红旗招展，锣鼓喧天。成千上万的人站在道路两旁，争先恐后地目睹国产汽车的风采。人们不断地向车队抛撒五彩缤纷的纸花，没有纸花的就拿高粱、苞米、谷子往汽车上抛洒。在市政府门前，街路被

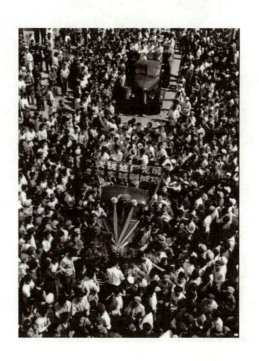

由12辆"解放"牌汽车组成的捷报车队行驶在长春街头

人海堵住了，连一道缝都没有，汽车走不了了，只好在维持秩序的同志的指挥下，用最慢的速度前行。许多人都想坐到车上去，有的人站在汽车脚踏板上，有的人坐在翼子板上，就连前保险杠上也坐满了人。

　　7月份正是大热的天，晒得大家满头大汗，可谁也不

老大娘在观看自己国家制造的汽车

肯下车。一位白发苍苍的老大娘，非要坐一下我们国家自己制造的汽车，当汽车停下来让她坐了一会儿后，她高兴地说："我可坐上咱们国家自己制造的汽车了，活得真值。"报捷车队的最后一辆上坐的是工程师代表，当汽车在欢呼声中行进时，工程师们兴奋之余回想起过去的历史，感慨万千。他们说，其实他们早就看好了汽车，也学习了怎样制造汽车，但是过去只能修配汽车，直到新中国成立后建设汽车厂，他们才找到归宿。他们中有人被眼前热烈的场面所感染，即兴念出一副对联："举国翘盼尽早建成汽车厂，万人空巷人民争看解放牌。"1956 年 7 月 15 日这一天，是汽车城的节日，从此，7 月 15 日被定为一汽厂庆日。

第一辆"解放"牌汽车的诞生，凝聚着全体建设者的辛勤汗水，也是党中央直接领导和高度重视的结果。20 世纪 50 年代，有一首叫《老司机》的歌曾传遍祖国的城镇、乡村。不论何时，每当听到歌中唱起"50 岁的老司机我笑脸扬"的时候，马国范就回想起当年开第一辆"解放"牌汽车的情景，心情久久不能平静。

歌曲《老司机》的创作过程也很值得一提。当年，马国范驾驶第一辆汽车的激动心情，被当时的同行刘义传出去了。刘义的哥哥、剧作家刘忠在汽车工人忘我劳动精神的感染下，顿时产生了灵感，很快写下了《老司机》的歌词：

50 岁的老司机

我笑脸扬啊

拉起那个手风琴

咱们唠唠家常啊

想当年我 18

就学会了开汽车啊

摆弄那个外国车呀

我是个老内行啊

可就是啊没见过

中国车呀啥模样啊

盼星星盼月亮啊

盼得那个国产汽车

真就出了厂！

哟呵嘿，嘿！

一把那个胡子

我剃了个溜溜光啊

嘿嘿嘿嘿

嘿嘿嘿嘿

嘿嘿嘿嘿嘿嘿嘿哟

转一转这黑黝黝的

方啊方向盘哪

摸一摸明亮亮的玻璃窗啊

看一看仪表上的中国字啊

按一按小喇叭

也清澈又嘹亮啊

这声音啊　叫得我

眼发湿啊　心发慌啊

脚乱动　手乱忙啊

也不知国产汽车

有股啥力量。

哟呵嘿！

弄得我这一辈子啊

头回这么紧张啊

嘿嘿嘿嘿

嘿嘿嘿嘿

嘿嘿嘿嘿嘿嘿嘿哟

毛主席检阅这国产大汽车啊

那一些外国朋友

都竖起了大拇指　啊

欢呼声震得我

啥也听不见哪啊

遍地的鲜花

是满天的和平鸽

当时我啊　像听见

毛主席把话说

说好同志　好汽车

乐得我两手发慌

忘记了掌稳舵　嘿!

天安门广场上

那汽车就扭了秧歌　哟

哟呵嘿嘿

嘿嘿嘿嘿

嘿嘿嘿嘿嘿嘿呀!

祖国的土地大得了不得啊

我开着那国产汽车

跑得是真快活啊

真想着我一转眼

就跑遍了全中国呀

把所有的建设材料

都装上了我的车呀

日夜的呀我不停着

运粮食啊运钢铁呀

爬大山呀过大河呀

我老头亲自开车

建设咱们中国

哟呵嘿，嘿！

再活上那个五六十岁

我也不嫌多呀　嘿！

这是一首以工人的口吻赞美新中国汽车工业的歌曲。汽车工业是一个国家工业文明的体现，它在极为严峻的国际形势下，大长了中国人的志气。

这首由刘忠作词、张先程作曲、崔钦演唱的歌曲《老司机》，曾在 20 世纪 50 年代风靡全国，使"解放"牌汽车口口相传，至今已传唱了近 70 年，仍然脍炙人口，经久不衰。

第六章

创业者之声

最让一汽人引以为豪的是，自己生产的新中国第一辆汽车与工厂开工典礼同时诞生。它就是后来被国人骄傲地称为"大解放"的"解放"牌载重卡车。

第一辆"解放"牌卡车正式下线

工人们清晰地记得，那天，一汽的工人们在新出厂的第一辆卡车上插了好多红旗和彩带，欢天喜地地把它送出了厂房，那场面别提多感人了。"解放"牌卡车的研制成功，无疑是在向世界宣告：中国不能制造汽车的历史结束了！当第一批"解放"牌卡车驶上街头的时候，大家敲着锣鼓、挥舞着鲜花、喊哑了喉咙，整个长春都沸腾了！然而，"大解放"的诞生并没有让厂长饶斌心中的石头落地。因为，毛主席曾两度提出什么时候能坐上国产小汽车，其实建设一汽的初衷中就有要生产小汽车的计划。

1956 年夏天，就在"解放"牌卡车刚下线的时候，饶斌厂长便将研制小轿车的任务正式提上了一汽的议事日程，很快就得到了大家的热烈响应。随后，一汽成立了轿车筹备小组，着手研发轿车生产。

悠悠岁月，往事如歌。几十年过去了，当回忆起轿车的诞生过程时，这些当年曾参与研发轿车生产的创业者，还是那样的一往情深，激动不已。

## 在一汽锻造厂的难忘岁月

据讲述者何光远[①]介绍：

1951 年，作为建国初期的留学生，我被国家派到苏联学习。1956 年，我结束了 5 年的留学生生活，回到了祖国，并被分配到洛阳拖拉机厂。当时，洛阳拖拉机厂正在搞土建，

---

① 曾任一汽锻造厂厂长、铸造厂厂长，一汽革委会副主任，长春拖拉机厂党委书记，长春市副市长，农机部常务副部长、党组副书记，机械工业部副部长、部长，全国政协常委。

于是我被派到一汽实习，没想到这个偶然的机会使我在一汽这块沃土上扎下了根。我刚到一汽不久，正赶上新中国的第一辆"解放"牌汽车下线，结束了中国不能生产汽车的历史。作为新中国的一员，我当时的心情甭提有多高兴了。我感到能在一汽实习很荣耀，恨不得一下子把自己学到的知识全都用上。说来也巧，在实习期间，我碰到了一汽第一任厂长郭力，当时他正任第一副厂长兼总工程师。他是我在晋察冀边区兵工厂工作的老领导，而且我和他的夫人张蕙兰还在一个办公室工作过。郭力得知我在苏联留学时学的是金属压力加工专业后便说："国内高校还没有这个专业的毕业生，你就留在一汽吧。"就这样，我从一名到一汽的实习生成为一汽锻造大家庭的一员。

锻造车间是给汽车锻打毛坯的单位。我到锻造车间时被分配到技术科任模锻车间工艺员。模锻车间是锻造最艰苦的车间，劳动条件可以说是热、累、脏、呛。我坚持每天早早地来到车间，边学习，边工作，把学到的知识最大限度地运用到工艺环节中，争取尽快胜任本职工作。

20世纪50年代的一汽就像一所大学校，学习气氛非常浓厚。凡是厂里组织的各类学习，我都积极参加，并认真做好笔记，尽量多掌握一些知识。当时，车间组织从苏联学习回来的管理人员讲生产管理、设备管理，我通过学

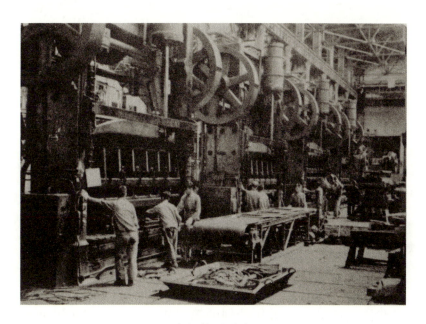

冲压锻造车间

习和提问，掌握了不少工厂的管理知识和方法，受益匪浅，对日后从事管理工作有了很大的帮助。

我从事技术工作不久后，组织上让我先后担当了技术科副科长、科长的职务。当时是 1958 年，人们的思想异常活跃，恨不能使中国一夜之间就赶上老牌资本主义英、美国家。一汽制订了规划，并三次修改了目标，提出到 1959 年底要达到 15 万辆的生产目标。受这股激进情绪的影响，厂内出现了一些不尊重科学、不重视管理的现象，有的生产工人为追求产量，不按工艺操作，跳型槽、打冷铁；有的单位把工艺卡都扔掉了，甚至一度连主管工艺的工艺处也被取消，从而使汽车质量受到很大影响。面对如此状况，我和有的技术人员几次在党内会议上提出过不同意见。同时，我还组织科里的技术人员重新编制了一本工艺卡小册子，让每个技术人员带在身上，边深入现场指导生产，边进行工艺纪律整顿。在科里上上下下的共同努力下，锻造车间的锻件生产质量始终没有出现太大的波动。

1963年，在党组织的培养关怀下，我走上了锻造分厂厂长的岗位，要承担起带领一个专业厂的职工去完成一汽厂部下达的各项任务，我深感肩上担子的分量。当时，正是我国实施第二个五年计划的第二年，全国人民正以冲天的干劲投入生产和建设，锻造厂上上下下的大干气氛也非常高涨。我上任后和分厂领导班子的同志们重点抓了4个方面的工作。

一是针对锻造工作艰苦、班组又是集体作业的特点，在生产车间全面推行了计件工资制，用经济杠杆来调动和保护职工的积极性，充分体现按劳分配、多劳多得的原则。计件工资制在当时起到了非常明显的作用，劳动效率有了很大的提高。

二是针对遭受影响的许多工作程序、标准比较混乱的状况，狠抓各项工作的基础管理。包括工艺纪律、锻件质量、文明生产、劳动纪律等，要求所有的干部和职工都要按规章制度办事。我觉得仅有制度还不够，必须还要有管制度的制度，因此，当时我们对干部在执行制度和表率作用方面抓得非常严，谁也不准搞特殊化，一律按规章制度考核。

车间一角

三是大搞技术革新和技术革命。号召全厂职工动脑筋，想办法，进行发明创造，提高工作效率。全厂职工大胆设想，集思广益，最后取得了许多优秀的成果。比如：为平锻机生产革新发明的薄壁高效旋转加热炉、为1200吨平锻机锻打使用的平衡器倒挂钩、根据模具新旧控制毛坯下料尺寸等项目，都有效地提高了产品质量和工作效率，至今一些项目还在发挥作用。

四是重视后勤保障工作。主要是抓食堂饭菜质量，抓职工文体活动。当时正是困难时期，多数锻造工人的家属没有工作，许多工人吃不饱，打铁消耗体力又非常大，为保护职工的健康，我们把发放保健费改为每天中午为职工供应一盘保健肉。此外，还想办法每天上午为一线生产班组供应一杯牛奶，尽量保证职工有足够的体力投入生产中。我们想办法通过各种渠道挖掘体育尖子，使锻造厂的足球队、篮球队在整个一汽甚至长春市都非常有名气，不仅连年拿冠军，还经常和省市专业队进行友谊赛。每次比赛，我们锻造厂从领导到职工宁可下班不吃饭，也要到球场去为锻造厂球队呐喊助威，场内、场外那种集体荣誉感是现在年轻人很难想象的。

值得回忆的是，当时锻造分厂有一大批精兵强将，既有资深的老革命，又有大学毕业的技术人员；既有从苏联

留学回来的管理、技术专家，又有工农出身的工人，这些
同志为一汽和锻造事业兢兢业业地努力工作，也给了我很
多工作上的支持。如今，他们当中有许多人成了锻造行业
的专家和知名人士，他们是中国锻造（模锻）行业的奠基
人和开拓者，我们应该记住这一代人的功绩。

## 在群众性技术攻关中成长

讲述者张国良[①]：

新中国成立初期，听说中国要建设第一个汽车制造厂，
我抱着要为中国汽车工业做贡献的决心，第一批报名从上
海来到长春一汽。14岁的我在资本家的工厂里当过学徒，
饱受资本家的剥削和压迫。来到长春后，我看到汽车厂规
模宏大，设备先进，非常高兴，但也感到自己没有文化，
怕不能发挥作用。正发愁的时候，组织上安排我们学习机
械识图、金属切削原理等。由于当时在上海才扫完盲，听
课时记不下来，晚上就借文化高的同志的笔记抄写。经过
一段时间的刻苦学习，我终于得到了短训班的毕业证书。

---

[①] 曾历任一汽底盘车间工人、工人技师、工程师、高级工程师，一汽副总工
程师，一汽工会主席，全国劳动模范。

　　回顾在一汽锻炼成长的过程，我从一个文化很低、技术水平一般的普通车工，成为副总工程师，自己深深感到首先要有一颗为社会主义建设做贡献的雄心，还要有刻苦学习和锻炼的恒心。我技术水平的提高主要来自三个方面的学习与实践：一是在夜校学习文化；二是到各分厂车间学习各种机床的加工技术；三是参加"技协"活动。在群众性的技术攻关活动中，我增长了知识和才干，并受用终身。

　　记得刚来汽车厂时，我连简单图纸都看不懂，更谈不上画图了。当我看到文化比较高的同志还上夜校学习，自

发动机汽缸生产车间

己也决心攻克文化关，从小学二年级一直学到中专班。当时工作很忙，三班倒，家里小孩又多，学习有很多困难，但通过学习，我很快提高了看技术资料和革新搞设计的能力。根据技术资料，我试制成功了内孔高光洁度、高精密的滚压工具，解决了当时不能加工长油缸和汽缸的关键问题，还搞成了凸轮轴花键冷挤压等新工艺。文化学习我增长了知识，后来由于开展"技协"活动，我需要经常外出交流，更丰富了自己的知识。

使我得到锻炼提高的途径还有学习各分厂、车间的加工技术。当时我操作的车床是全齿轮高速车床，由于我从未操作过这种机床，根本没有高速切削的经验。后来我发现生产车间的各种机床加工效率很高，一问才知这些机床的加工工艺是从苏联来时就有规定的，这引起了我学习的兴趣。我便把生产车间各种机床先进的切削工艺作为学习的内容，利用班前、班后时间去看、去学，甚至中午吃饭与生产车间差半小时的时间也不放过。我把在生产车间看到的先进刀具角度和切削用量，应用于自己的实践和试验，很快掌握了先进的切削用量和加工方法。以后遇到难活儿的时候，我也经常到生产车间有关加工工序去学习，回来后改革工、夹具。比如，我搞成的"细长轴压光刀架"，就是受自动机上的一个小支承架的启发而改革成功的。再如，试制"东风""红旗"轿车时急需一台珩磨机，我之所以敢于接受这个任务，主要是受了底盘、发动机各种珩磨机的启发。就这样，我常年把学习厂内的各种加工技术作为自己提高技术和丰富知识的重要途径。

来到一汽后，我觉得这个集体学习气氛浓，又加上自己不懈努力，文化知识和技术都提高得很快，但我不满足于已取得的成绩，在后来参加技术协作活动中，我得到了更多锻炼和提高。1962年秋，省、市工会组织我们到沈阳学习。学习后，我觉得这种活动形式很好，一方面能提高自己的思想觉悟和锻炼革命意志，另一方面又能向有专长特艺的同志学习，使自己能更好地为工厂多做贡献。于是，我主动联合了厂劳模彭映蓓、刘玉岐、王福成等能工巧匠，组织了互助式的技协攻关队，对厂内技术课题进行攻关和技术表演。

当时刘玉岐提出能不能帮他搞滤油帆布和滤油纸冲两个大孔的机器，我主动提出帮助他研究制造一台双轴气动压床。我和小组的同志找废料，用一个月的业余时间制造成功了。经过试用，效果非常好，一开气门一次能冲20层厚的滤油纸和帆布，油库的同志们看了非常高兴。刘玉岐为了解决当时外国停止供应冲压润滑脂的问题，经过努力研究和配制，终于将冲压润滑脂试验成功了。后来我又帮助彭映蓓搞成了通气塞，解决了当时生产中的难题。从那时起，我们联合有专长特艺的同志，开展研究课题和交流先进技术等活动。

厂工会及时为我们安排技协活动阵地。1963 年 7 月，我们正式成立了技术协作委员会，开始了有组织的技术攻关、技术交流、技术培训。仅几年时间就逐渐发展成拥有车工、机械攻关、电气焊攻关、电工等 5 个专业队伍，500 多名技协会员的群众组织。到 1966 年，一汽技协已形成了 1 支很大的队伍，有 10 个专业研究队，前后为厂解决急难关键技术 320 多项，帮助省内外 6 个地区 32 个单位解决了 56 项关键技术难题，还推广先进技术 11 种 100 多项，进行了数十次的先进技术讲座、技术表演等交流活动。那些年里，我虽然花去了大量的业余时间和节假日，但感到为社会主义建设尽了力，很值得。

1978 年恢复技协组织后，在厂领导的关怀下，技术活动发挥了其特有作用，重新拥有了旺盛的生命力，在全厂形成了三级协作网，队员已发展到 2300 余人。总厂活动阵地有 15 支专业研究队，汇集了各分厂有专长特艺的工人、工程技术人员 300 余人，为厂里解决生产的急难关键技术问题，为换型改造解决技术难题 4000 多项，还组织了先进技术讲座、表演、选拔及技术培训等活动。

# 设计"红旗"轿车的那些事

讲述者程正[①]：

1952年，我大学毕业后被统一分配到重工业部汽车工业筹备组，后来升格为汽车局，一干就是6年。

1958年，局里决定所有从学校直接分配到局里工作而没有经过生产劳动锻炼的青年，均要分到基层参加劳动。我被分配到一汽冲压车间大冲工段当冲压工，在1250吨压床上生产大梁零件。

6月30日下午快要下班的时候，工长刘荣茂突然通知我说："厂里紧急通知，要你立即到设计处报到，现在就去！"我急忙脱下工作服，跑步从冲压车间到设计处车身科，看见那里坐满了一屋子人，正要开会。这时郭力来了，对大家讲："中央要我们设计、制造高级轿车，这是一项政治任务。大家都知道生产高级轿车不是一件容易的工作，我们现在必须拿出勇气与毅力，来干这件我们的前人没有干过的事。那么，工作从什么时间开始呢？从现在就开始，争取一个月拿出样车来……。"

---

① 1952年北京燕京大学机械系毕业，1958年到一汽，一直从事"红旗"轿车的造型及结构设计工作。1987年任长春汽车研究所副总工程师，1990年退休。

因为我爱好车身造型，所以十分兴奋，当晚即开始构思并画出草图。后来设计处造型科 5 个人一共拿出 10 个方案，公开展示，由群众评定选择，结果我的一个方案被选定。这次的试制实际上只是制造样车，设计来不及画图，也没有做出生产所需的一切技术文件，从全尺寸油泥模型到整车装配都是大家共同努力、群策群力进行的。

"红旗"轿车第一次试制，郭力与王少林[①] 从头到尾亲自监督，他们两人几乎不离现场。我记得那是 1958 年 8 月 1 日，原定这天出车，可当天却出现了变速箱挂不上挡的情况，不得不把报捷的仪式临时延到 8 月 3 日下午。在这最后 3 天中，郭力一直在装车现场指挥，日夜连续作战，具体工作人员还有可能得到轮换休息，他却没有喘息的机会。后来我发现他与王少林两位同志双眼充血红肿，嗓子哑得说不出话，简直和在战场上一模一样。他们的精神带动了大家，他们是实实在在地在领路与驾驭整个局面。

样车初型完成，但感觉前部水箱面罩仍欠些细节。郭力对我说："你能不能考虑一下，什么东西是咱们中国文化特有而外国人没有用过的，能不能用来做水箱面罩造型？"我想中国人生活与文化的特点最多表现在建筑上，传统的

---

① 一汽副厂长，主要负责轿车研发工作。

中国建筑中常常采用图案，如扇面形、桃形、蝙蝠形等，但只有扇面形的图案与轿车水箱面罩的形体最容易结合。我对郭力等领导讲了我的想法，郭力立即肯定了我的想法，说："就用扇面！"于是我把第一辆样车的水箱面罩设计成一个扇面形状。此后，这种扇面形式屡经改进、完善，逐步发展成后来轿车造型的一个鲜明特点，沿用到以后所有"红旗"车型。

由于这次试制有些地方根本来不及画图纸，从油泥模型上取样板，加上结构的剖面示意图，就是工人生产制造零件的全部依据了。在国外，1:1的油泥模型制作周期要两个月左右才能完成，而我们的期限则不允许超过一星期。我们边敲边修改，每天从早8点上班开始干，晚上没有固定下班时间，有时干到半夜，甚至凌晨，第二天早上8点照样起来干。一周的限期快到了，油泥模还没有最后完成，工人师傅等不得了，有的提前来到模型上取样板，我们只好配合说明，甚至在样板上做些修改和补充，车身的基本结构就以样车为准了。

油泥模完成后，我立即着手设计全部外装饰件。后来，从第一辆试制样车上看出，简单照搬用在轿车上很不协调，所以经过5次改进试验，直到1959年5月，才形成后来一直沿用的"红旗"轿车车头的风格样式。

钻研技术的工人

　　1958 年 7 月中旬，车身制造还没有完成，工人们用轮流的方式抢任务，包干制造样件。参考样车拆散，将各部分样件摆在一个长台上，上面分别标出各项试制任务、要求和说明。各车间工人们都来参观，来"打擂台""抢任务"。抢到任务的人必须自己设法按试制要求如期完成任务，大家几乎每天都在现场吃饭，因为所有的人都是一个念头：快出车。那可真是八仙过海，各显神通啊！

　　1958 年 7 月 20 日，白车身终于出来了，这可是我们中国人自己设计制造的车啊！我清楚地记得，把车身吊起

发动机生产车间

来往底盘上安装时最为紧张。那天已是中午，郭力、王少林等领导已经是三天三夜没离开现场了。午饭是由食堂同志送到现场的，所有的人都在工作岗位上，边吃边干活。吊装工指挥的哨子声与天车的嗒嗒声混在一起，人们屏住呼吸，不少人蹲在车身下方，伸着头看着。只听"咚"的一声，车身和底盘合上了。这时有人喊道："扣上了，扣上了！"有人马上上来进行局部调整。

发动机的试制困难之大完全可以想象得到。"V8"缸体几乎是"沙里淘金"，经过奋斗和拼搏，"V8"顶置气门发动机试制成功了，并于1958年7月下旬着手装车。在整车内部装饰上，参照样车的现代化装置——电动车窗、电动调节座椅等，我们在自己的高级轿车上都大胆地采用了。发动机罩前端是一面迎风招展的红旗标，非常庄重；车子尾部的"宫灯"样式是采用"东风"小轿车的造型，试制是由木工制作一个木胎，然后由设计处非金属试验室的同志压制而成。那时的工作真是做到了不分工种，不分你我！

1958年8月3日，我们的第一辆"红旗"牌高级轿车终于开出了装配车间！大家欢呼雀跃，不少人兴奋得流下了热泪。这就是我亲自参加试制中国第一辆"红旗"轿车，并使我终生难忘的33个日日夜夜。

第一辆国产"红旗"轿车

## 为"红旗"而战的日日夜夜

讲述者蔄秀凤[①]：

1959年，在为"红旗"轿车而战的日子里，我们作为第一代汽车工人，都觉得能制造出国产轿车，能让毛主席和其他领导人坐上我们亲手生产的"红旗"轿车，心里真有说不出的高兴和自豪。

那年我22岁，在铸造分厂砂芯车间当工人，是兼职团支部书记。在一次砂芯车间领导会议上，车间党支部交给我

———————————

① 曾任一汽二铸知青厂行政科党支部书记、政工师。

们团支部一项重要的突击任务，那就是攻克"红旗"轿车汽缸体砂芯质量关。这项任务完成得好坏，直接影响"红旗"轿车质量。时间紧，任务重，质量要求高；我们大多又是技术不高、经验很少的年轻人，如何完成这一艰巨的任务呢？

一汽技术人员与苏联专家在"红旗"车间

我想：我是一名共产党员、党支部书记和车间主任，厂领导把这项重要的攻关任务交给我们，是对我们的信任。我们要把热爱一汽变成具体行动，绝不能辜负车间领导的殷切期望。我组织团支部立即召开紧急会议，成立了"红旗"轿车汽缸体砂芯质量攻关突击队，其中有打芯的、修芯的、装配的共二十多人。突击队里的团员、青年纷纷向党支部、团支部交决心书、保证书和入党、入团申请书。

攻关战斗一打响，每个突击队员都像小老虎似的，勇往直前，不怕苦和累。每道工序，人人把好质量关。最难的突击关口是汽缸体砂芯的最后一道工序。要把二十多种砂芯装配好，确实不容易，必须在操作中做到认真精细。汽缸体砂芯装配工序，只有我和修芯女工关锡凤两人能干。当时我们俩都怀了几个月的身孕，身子不方便。可是，为了完成组织交给的艰巨任务，我俩心想，再苦、再难、再累也要挺住，为保证"红旗"轿车汽缸体质量攻关任务按期完成，我俩毫不犹豫地挑起了这一重担。

我和关锡凤搞装配一干就是几个小时，腿和脚都肿得很厉害。突击队员们都很关心我俩，可是干着急，却帮不上忙。我深知自己的担子很重，压力很大，一言一行都会影响突击队员们的情绪，决心以实际行动带领突击队员们冲破重重难关。当时最难忍的是夜里经常饿得难受。那时国家粮食困难，每月口粮有限额标准。但突击队员们谁也不叫苦，都任劳任怨，只有一个心思，那就是抢时间完成攻关突击任务。由于每个突击队员都干劲儿十足，信心百倍，经过两个多月的艰苦奋斗，终于战胜了重重困难，提前完成了"红旗"汽缸体砂芯的质量攻关任务。

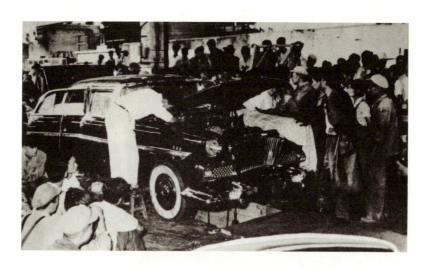

技术人员在为第一辆"红旗"轿车做最后检查

在这次攻关战斗中，涌现出很多好人好事。几个青年突击队员入了团，要求入党的团员也成为党的重点培养对象。每个突击队员都被评为分厂和总厂的立功者。我们突击队被评为"总厂'红旗'轿车质量突击队立大功集体"。1959年10月，总厂安排立功受奖的个人和集体，在中央大道大钟下，同我们亲手生产的红旗轿车合影留念。

我当时已怀孕七个月，不想参加照相，怕影响集体的形象。突击队员们个个反对，说队长不参加怎么行？个人立功不参加合影情有可原，这集体的事不能不去。我只好选择一个在轿车旁边的位置，挡住半个身子，照了集体立功相。我把这张照片珍藏多年，它时常让我想起为"红旗"而战的日日夜夜，心里感到无上光荣。

# 第七章

乘『东风』展『红旗』

　　"东风"牌小轿车的成功制造，开启了中国轿车工业的新纪元。这无疑是中国人的骄傲，也是一汽人的骄傲。从1958年到1959年，在一汽流传着一个非常响亮的口号："乘'东风'展'红旗'，造出高级轿车去见毛主席！"这一口号表达了一汽人敢想敢干、为祖国争光、为人民争气的强烈政治责任感和民族精神。

## 新中国第一辆小轿车

　　1956年4月，就在一汽"解放"牌卡车即将出厂的前夕，毛泽东主席在政治局扩大会议上做《论十大关系》报告时，对汽车工业要开发国产轿车提出了殷切的希望："什么时候能坐上我们自己生产的小轿车开会就好了。"根据毛主席的讲话精神，1957年4月，一机部黄敬部长来第一汽车制造厂检查工作时专门谈了产品开发，提出了试制轿车的规划。同年5月，一机部又正式给第一汽车制造厂下达了生产小轿车的任务，并提出了"愈快愈好"的要求。

　　据在一汽工作了39年、第一辆"红旗"轿车底盘和发动机设计者华福林介绍：生产轿车，对一汽人来说是没有干过的，当时的条件堪称"四无"，即无资料、无经验、无工装、无设备。当时的一汽，基本上是一整套生产卡车的建制，生产轿车几乎要白手起家。

1957年8月，苏联"胜利"、法国"西姆卡"、英国"福特赛飞"等样车先后运到长春。参照样车，从实际出发，饶斌厂长提出了轿车试制以"仿造为主，适当改造"的工作方针。在副厂长兼副总工程师孟少农的具体领导下，首先确定了产品设计方案——发动机和底盘仿造"奔驰-190"，车身结构仿造法国"西姆卡"，汽车外形和内饰件则在"西姆卡"基础上做些改变。当时正在患病住院的孟少农，曾亲手为汽车外形绘制了"构想图"。

广大工程技术人员都以能参加国产第一辆轿车的设计而感到自豪，工作热情高涨，自动加班加点，工程大楼设计室到夜间仍是灯火通明。

1958年初，用了不到半年时间一汽就完成了全部设计图纸和设计文件，开始进入试制阶段。大家已不满足于原定的试制进度。4月，全厂总动员，要用"三结合"的方法和跃进的速度，加快试制步伐。厂里决定，以机修车间为主，和有关单位组成试制轿车突击队。出车时间由7月15日提前到5月20日，为尽快造出"东风"牌小轿车，向党的八大二次会议献礼，全厂掀起了一场比干劲、比配合、比进度的热潮。

凝神作业的女工

　　为了尽快浇出"东风"铸件，铸造工人创造了"晨造型、午浇铸、晚清理"和"三天任务一天完，四十天任务七天完"

的奇迹。零件加工单位创造了"工序接工序，零件不落地"的生产方法，不分昼夜，没有早晚，人跟着零件跑，围着机床转，"东风"的活儿，啥时到车间就啥时干。按照设计，整个车身的制造和各种钣金件的加工，完全采用手工工艺照图纸要求敲打成型。

工程技术人员到现场解决难题，和工人一起干。许多领导干部几天几夜不回家，和工人一起倒班。部门与部门之间完全融合在一起，"先解决问题，后办手续""要什么，给什么"，协作配合精神空前大发扬。

技术工人在演示机床作业

　　经过 23 天的日夜苦战，1958 年 5 月 12 日，中国第一
辆国产轿车——CA71 "东风"牌小轿车在机修车间试制成
功。该车为流线型车身，上部银灰色，下部紫红色，6 座，
装有冷热风，车灯是具有民族风格的宫灯，发动机罩上方
有一个小金龙装饰。这样的设计，既表现了我们民族的特色，
又体现出与外国车的与众不同，具有鲜明的"中国特色"。
车身侧面镶嵌着毛泽东主席书写的"中国第一汽车制造厂"
字样；车长 4.56 米，宽 1.775 米，高 1.53 米，轴距 2.7 米，

苏联专家和中方人员在第一辆"东风"轿车前

车身自重 1.23 吨。发动机最大功率 514 瓦（70 马力），最高车速每小时可达 128 千米，耗油量为百千米 9~10 升。第一辆"东风"牌小轿车有着细致的手工制造，可以说是全国人民智慧的结晶。比如车身的漆，使用了当时最有名的福建大漆，福建省最有名的师傅被请到工厂亲自给"东风"车上漆，经过反复烘干和上色，一共要上七遍才算完成；车的座椅材料采用的是最好的杭州织锦；车顶棚布是由工人一针一针手工缝合的，只有这样才能保证平滑不褶皱……

第一辆"东风"轿车最后调试

车取名"东风"牌，有赶超世界水平，"东风压倒西风"之意。"东风"牌小轿车出厂后，首先向省、市报捷，然后运往北京。5月14日晚，有关领导同志研究决定，把车牌号的汉语拼音字母"dongfeng"换成毛主席手写体的汉字。当时接到通知，第二天就要到八大二次会议献礼，时间十分紧迫。

《人民日报》大力相助，不到1个小时就找到字体并复制出照片，送到首都汽车修理厂。该厂几位老工人在几小时内把原字母拆下来，补孔、喷漆、镀金、安装，忙了个通宵，终于顺利完成，当"东风"轿车开出汽车修理厂时，已是旭日东升的早晨。那天，轿车如期开到中南海怀仁堂前，供党和国家领导人及参加党的八大二次会议的代表观赏。"东风"轿车在京期间，深受北京市民的钟爱。毛泽东主席亲自乘坐这辆"东风"轿车在怀仁堂后花园缓缓行驶了两周，他高兴地说道："坐上我们自己制造的小汽车了！"

## 从"东风"到"红旗"

自从"东风"小轿车横空出世后，全厂立即掀起了大干轿车的群众运动。一汽又做出了试制高级轿车的决定。于是，

"乘'东风',展'红旗'"的口号,在一汽全厂叫响,一汽决定加快试制"红旗"高级轿车。原定十一国庆节出车,也改为八一前完成试制。生产时间短,任务繁重,大家打破一切常规,用"赶庙会"的办法——"张榜招贤","红旗"轿车2000多个零部件不到几个小时就被大家抢光。拿到任务后,各单位纷纷组织突击队,夜以继日,刻苦钻研,攻克了一个又一个技术难关。

"红旗"生产线

1958 年，全厂天天都有攻关得胜的消息。在试制"红旗"轿车决战的 7 月，液压变速箱的技术难关成了关键，时年 24 岁的设备修造厂七级钳工李治国"智取"液压变速箱的"变扭器"，比自己承诺的日期提前了 4 天，比领导要求的时间提前了 12 天完成任务。接着他又攻下"液压控制机构"的难关。全厂涌现出许多类似事例，确保了试制进度。8 月 1 日，"红旗"牌高级轿车如期诞生，整个试制过程仅用了一个月。

"红旗"轿车式样美观、庄严、大方，内外装饰富有民族风格。车身是流线型的，通体黑色，车头中央是一面红旗标志，车前格栅采用扇子造型，宫灯式后灯，仪表板涂福建大漆，发动机罩前上方有三面直立重叠的红旗模型，车上装有 V 形 8 缸式顶置气门发动机，最大功率 200 匹马力，最高车速为每小时 185 千米。

为了欢庆国产第一辆"红旗"牌高级轿车的诞生，1958 年 8 月 2 日下午 7 时，全厂职工和家属近两万人在共青团花园举行了庆祝和命名大会。不巧的是，刚试制出来的第一辆"红旗"轿车，在开赴庆祝现场前突然出了故障，但有惊无险，经快速排障后很快飞驰到燃放鞭炮的会场。这也说明，刚试制下线的"红旗"轿车质量还有待进一步提高。后来，为确保"红旗"轿车尽快投产，厂里决定停止"东风"小轿车的生产。

第一辆"红旗"下线庆祝大会

"红旗"轿车进入紧张的批量生产准备阶段，产品质量成了突出的问题。1959 年五一劳动节当天，一汽召开了2000 人参加的五级干部会议，众人的发言汇成一个决心：一定拿出一批合格的"红旗"车参加新中国成立十周年大庆。会后一汽组织了 323 个攻关突击队，其中全厂性重点突击队 32 个。许多攻关项目都对提高"红旗"轿车质量起了重要作用。

1959 年 9 月，经过质量攻关活动后生产的首批 30 辆"红旗"高级轿车和 2 辆检阅车送往北京。9 月 29 日，在人民大会堂举行国庆 10 周年庆祝活动时，20 辆"红旗"轿车整齐地排列在大会堂东门台阶两旁，给第一批试坐"红旗"轿车的中央领导们换车。在中华人民共和国成立 10 周年那天，两辆"红旗"检阅车，载着阅兵总指挥和国防部长检阅了陆、海、空三军，同时有 6 辆"红旗"列队进入游行队伍中接受检阅。

"红旗"车通过天安门接受检阅

1960 年，"红旗"参加了莱比锡国际博览会，之后又参加了日内瓦展览，受到了海内外专家的好评。然而，由于"红旗"的试制时间较短，也出现了一些小的质量问题。但一汽人没有放弃，而是继续组织成立了质量攻关队。1961 年以后，"红旗"车的质量变得稳定。但是，中央领导又对"红旗"车提出了新的要求——将两排座发展为适合接待用的三排座车型。从此，一汽开始试制 CA72 的三排座车型。

第八章

「长子」的风范

作为"共和国汽车工业的长子"，一汽识大体，顾大局，着眼全国汽车工业一盘棋，承担了支援二汽、包建二汽的任务。资料显示，在社会主义建设时期，一汽向国家有关部门和第二汽车制造厂输送了上万名领导干部和技术、生产骨干，用实际行动践行了"汽车工业摇篮"的时代使命和历史担当，彰显了大公无私、甘于奉献的"长子"风采。

## "三件大事"见精神

世人皆知，我国第二汽车制造厂是一汽支援建设的。按照国家在湖北十堰建设第二汽车制造厂的总体部署，1965 年 12 月 21 日，原中国汽车工业公司成立了二汽筹备处[①]，自此，一汽开始了支援和包建二汽的工作，这项工作一直延续到 20 世纪 70 年代初期。

在一汽支援二汽建设的漫长过程中，一汽人用挚诚、勤奋、智慧，创造了难以估价的成就，留下了许多可歌可泣、彪炳史册的动人故事，其中有三件大事最为典型，充分彰显了一汽人顾全大局、无私奉献的精神品格和奉献担当。

---

① 原为东风机械厂筹备处。

第一件大事，是一汽给二汽输送了一大批技术人员、管理干部和技术工人。

继 1965 年 10 月从一汽调出上百名干部参加筹备工作以后，1966 年 6 月 7 日，按照一机部和中汽公司抽调 1/3 技术、管理干部的指示，一汽把全厂所有管理干部、工程技术人员，依据专业配套、政治力量和技术力量合理配置的原则，分成三股，并把三股人员名单全部交给二汽领导，任选一股。

在抽调人员名单确定之后，1966 年 8 月 3 日，厂党委召开了科以上党员领导干部会议，由党委书记赵学义亲自动员，一汽的老厂长、当时建设二汽的总指挥饶斌也到会介绍了二汽的情况，给了与会者极大鼓舞。一汽是在全国人民支援下建设起来的，人员来自五湖四海，如今为了战备需要，要在"三线"建设新的汽车工业基地，这是一汽人义不容辞的光荣责任。因此，这次动员起到至关重要的作用，那一年共抽调技术、管理骨干 1539 人，以后又调去了一大批技术工人。到 1970 年，一汽总共支援二汽 4200 多人。这是一汽建厂以来输出人才最多的一次。

第二件大事，是承担了时间紧迫的二汽产品设计试制工作。

二汽产品的早期开发工作实际上在 1965 年就开始了。当时国家明确二汽的产品以 2 吨越野车和同系列的 3.5 吨载货车为主。由长春汽车研究所参照进口的美国"万国""道奇"两种载货车进行设计，以南汽为中心组织华东地区 28 个厂家联合试制。由于试制点过于分散，试制试验的数量少，产品的可靠性还没有足够把握，产品工艺性也没有过关，一直到 1969 年初还拿不出定型图纸，实际上已经拖延了工厂建设的进度。特别是 1968 年 8 月，解放军总后装备部经过 2 吨越野车样车的实际使用试验，提出要把装载量提高到 2.5 吨、牵引 2.5 吨、平头改长头等重大改进意见，相应的载货车也需由 3.5 吨提高到 5 吨。这些改进意见要求对基本车型和各大总成做根本性的修改，意味着产品必须重新开发。

1968 年 11 月 7 日，一机部军管会发出《关于加强第二汽车厂建设的组织领导和分工意见的通知》，决定在长春成立一机部建设二汽办事组，组长由周子健担任，成员有张效增、王子仪、于海荣、刘守华、刘景修、齐抗等人，下设临时产品组，由刘守华担任组长，齐抗担任副组长，成员主要是一汽的设计人员，从一汽调往二汽的设计人员，以及长春汽车研究所的技术人员。以一汽为基地重新进行二汽产品的开发工作。

EQ140 型 5 吨载货车当时是在"以军为主、军民结合"的原则上，在 EQ240 的基础上发展起来的民用载货车，它与一汽的换代产品基本上是处于同一产品等级。在开发过程中，一机部曾明确指示：EQ140载货车要保持"解放"牌CA140的主要优点，性能指标不亚于CA140。这次从事二汽产品开发的设计人员都是当年开发CA140的人员，自然把CA140的设计成果融入二汽产品当中，这充分体现了一汽人的全局观念，以及一汽作为中国汽车工业"长子"的风范。

"东风"EQ240型2.5吨越野车投产

第三件大事，是完成了二汽的发动机厂、车桥厂、底盘零件厂、车身厂、车架厂、车轮厂、车厢厂、锻造厂、铸造一厂、铸造二厂、总装配厂11个专业厂和热处理、电镀 2 个系统的包建任务。

二汽除自建 6 个技术后方厂外，还有 20 多个专业厂，分别是一汽和上海、北京、武汉、南京各地企业所包建的，其中一汽所包建的是一批水平最高、实力最强、具有大批量生产能力的专业厂，是整个二汽的主力和支柱。为了完成包建任务，厂部成立了以于海荣、刘守华为首的包建二汽办公室，各有包建任务的专业厂也成立了包建办公室，像当年苏联"吉尔"工厂援建一汽一样，对包建的新厂从工厂设计、生产准备、支援或培训人员，直到调试投产，实行"四事一贯制"，负责到底。1969 年 11 月，国家计委和一机部审查通过一汽所有包建项目的设计方案。

1969 年 9 月 15 日，一机部和解放军原总后勤部共同签发二汽产品定型会议纪要，要求抓紧进行 2.5 吨越野车的生产准备，保证 1971 年"七一"成批出车。从此，包建二汽的工作从工艺设计转入了紧张的生产准备和设备调试阶段，其中任务最为艰巨的是工艺装备、组合机和非标设备的设计制造。厂革委会于 10 月 31 日发文部署，开展了一场确保二汽 1971 年"七一"出车，大干工装设备制造的生产突击活动。那一年也是一汽大干六万辆的一年，完成二汽的工装设备任务，不仅同本厂目前生产有矛盾，材料供应上也有缺口。得知这些困难后，于海荣主任当即表示：

保证二汽"七一"出车这个决心不能动摇，万不得已可以调整"解放"牌产量保二汽。刘守华副主任也做出具体安排：凡是本厂现生产用的材料，二汽工装、设备能用的都要用，作为暂垫，一定不要耽误二汽工作。承担这项任务的 15 个专业厂和有关部门也都发动群众，打破常规，克服了很多困难，任务完成得都很出色。

关于援建二汽工作，许茂①回忆道：1970 年 6 月初，一汽工厂设计处机械化运输设计的同志承包在二汽花果②的第一铸造厂机械化运输设计工作。当时我作为政治队长，乘火车到光化后，乘坐敞篷车进山，去鄂西北花果。

车从光化开出不久就下起雨来，而且越下越大，雨水从头直流到脚，好多人的被子没用塑料布包，当经过近四个小时的淋雨到目的地后，大家住进了芦席棚，开始晾被子和晒衣服。幸好，当时大家都是 30 岁左右的青年，年轻力壮，连感冒都没得，仍然有说有笑。

几万人包建二汽，包括设计、施工队伍，一起涌来，住处一时难以解决，就搭简易芦席棚，因为缺少木材，需要走十来里地到山上去扛桦溜杆。不是山区人，扛着一根几十斤的木头，要下山走好几里，山还高，累得气喘吁吁，

---

① 原机械工业第九设计研究院高级工程师。
② 地名，在湖北省黄石市阳新县黄颡口镇。

汗流浃背。有的同志扛到半山腰就累得脸色苍白，躺在地上；尤其是有个叫祝力的同志，早年摘除了脾，当时他累得头晕得不行，大家都劝他休息，可他却执意扛起木头下山了。就这样，一根根木头运到山下，一座座芦席棚搭起来了，大家有了住处都很高兴。

二汽职工进行勘探

几万人一下子进山，后勤工作一时也跟不上，进山半个多月了买不到蚊帐，晚上睡觉只好用床单蒙上头和脚，由于天热，睡着后早把床单蹬到一边去了，脚还是被咬出了一个个大包。除了蚊子咬，还有青蛙叫，晚上棚外是蛙声一片,让人难以入睡。有的同志就用石头投向水中,"噼啪"一声,蛙声立即停止,但过了十几秒,"大合唱"又开始了。直到困极了,大家也不顾蚊子咬、青蛙叫了。

20世纪60年代,二汽建设者们在进行厂址踏勘

在包建二汽的过程中,建设的热情非常高涨,时刻都在为确保包建任务的顺利完成而努力。当时现场设计的特点是:各专业同时开始,施工队伍等着施工。当时铸造工艺和机械化运输的土建任务资料,要提交给中南设计院。

中南设计院负责建筑及结构设计，现场指挥部要求我们提的土建任务资料必须在半夜12点前送到中南设计院。当时距12点只剩十分钟的时间，我们就派同志跑步送去，让中南设计院连夜加班赶出土建施工图。建设者们通常通宵达旦、加班加点地进行施工作业，保证了二汽建设的工程进度。

以上"三件大事"和许茂的回忆，只是一汽人在援建、包建二汽工作中的几个片段。其实，一汽在援建、包建二汽过程中所做出的贡献、发生的故事讲也讲不完。有人说，没有一汽就没有二汽，这话真的一点儿也不为过，正是一汽挑起了振兴中国汽车工业的大梁。

一汽除了承担援建、包建二汽的任务，还承担了援建朝鲜、罗马尼亚和阿尔巴尼亚等国家汽车工厂的任务，为国际合作做出了贡献。一汽在国家没有计划、不具备产品换型的条件下，通过多次技术改造和对内、对外的包建支援，得到了各方面的锻炼，积累了大量的经验，为今后中国汽车工业的发展打下了坚实的基础。

## 争分夺秒保总装

当年，一汽的许多同志被调出去支援二汽建设，使原厂车间班组的人手出现严重不足。

车工作业

在没有奖金、没有加班费、节假日常常不休息的日子里，同志们从不叫苦和累，克服重重困难，心里只有一个想法：不能因为自己的工作让总装停装一分一秒。

对此，郑希民[①]曾讲述道：

那时候，工人的工资大多在40元上下，徒工每月才22元。在流水作业的生产班组中，每天上班都是老一套：推料、拣毛坯、加工、换刀……但大家都干得特别来劲儿，

_____

①1970年返城进厂的知青、原一汽减振器厂工会干事。

没有让车间领导操心，没有让生产调度催促，生产作业指示图表贴在班组园地上，大家都知道每天要完成多少任务。遇到困难没完成任务，不用班长安排，下班了不回家，一直到把活干完才走。

底盘分厂班组里最重的活是推小车。一个四轮小工位器具车，装满零件2000多斤重，在木砖地板上，从一个工位推到下一个工位，要使足全身力气。由于木砖地板使用年头太长，坑坑洼洼的地方怎么用力也推不动，这时马上就会过来几个人帮你推过去。

记得那是20世纪70年代的一个月末，加工的离合器踏板总成由于铸造分厂毛坯供应不及时，储备件用光了，马上就要影响总装装车了。因为底盘分厂与总装线仅一墙之隔，那边的情况不用调度员说，一线生产工人就非常清楚。正当大家心急如焚的时候，铸件毛坯还带着余温送过来了。马上就要下班了，没有人去换工作服，班长一声令下，有关人员留了下来，浸漆、烘干、钻孔、铆接……一道道工序有条不紊地进行了起来。干活的时候，有人还不时地跑到总装工位去看，一会儿有人报数还有七个了，过一会儿还剩五个了……大家紧张而不忙乱，小批量生产在这里变成了纯流水生产，上道工序加工一个，马上传到下道工序。热铆机前，平时一个人干活，这时三个人站在机床旁，一个人递件，一个人铆钉，铆好的件马上传递到第三个人手中，交给下道工序校验。

变速箱加工车间

　　刚刚退热的铆钉，立刻被补上漆，随着一缕呛人的油漆气味，就被放到校检台上了。这时又有人跑回来喊："总装线上还要一个。"只见班长一手拎起一件成品，跑步送到装配线上，及时供应上了装车。总装工人开玩笑说："刚想歇一会儿，你们就送来了。"看到总装线一分钟都没停，大家虽然累，却都高兴得像打完一场战役一样。那时候，没有想到停装罚多少钱，也没想夜班费是多少，甚至连传统的加一个班四两面包一碟炒菜都没有人去领，人们只有一个信念：多装车，装好车，不能影响总装一分一秒。

活干完了，大家洗脸，换下工作服，已经是繁星满天了。有好几个工人离家十几千米，骑上自行车，说说笑笑，哼着小调回家了。看着他们的高兴劲儿，就像一群在战场上打了胜仗的士兵。

汽车是由一个个零件构成的，建设者就是一颗颗螺丝钉，他们凝聚在一起，铸就了中国汽车工业的伟大创举。

## 大干实干做表率

1974年，一汽锻造分厂领导班子成员多数是工人出身，只有何光远是个留过学的知识分子。这个班子很团结，心能想到一起，干能干到一块儿。他们深知，生产是企业的主业，干是职工的本分，在什么情况下，都要把生产搞上去。这就是他们坚定不移的共识，带领群众大干实干是他们的具体行动。

他们之所以干得好，敢抓敢管是其重要的原因之一。当时，厂里存在着一些做私活、旷工、违反劳动纪律的现象，甚至还有流氓、诈骗等行为。他们该抓的抓，该管的管，严格按照规章制度办。这样一来，群众的积极性就调动起来了。7名领导班子成员互相学习，互相支持，遇到问题集体研究决定，出现问题都摆到桌面上来。这样团结一心的班子，带领职工群众团结一致，搞好生产。

进入七八月份，天气特别热，最热的时候，像天上下火。在汽锤旁，在通红的钢坯前，不用说干，就是站在旁边也要汗流浃背。在这种情况下，他们提出：天大热，人大干。"宁掉几斤肉，也要拿下三千六！"广大职工宁可冒着酷暑也不下火线。

领导干部以身作则、带头大干，为群众做出榜样来。

工人和技术人员在研究解决零配件问题

他们天天穿着工作服，一身油垢一身汗，和工人一起干，大部分领导吃住在厂里。何光远经常在第一线指挥生产，注意抓好车间与车间、生产单位与辅助部门、上道工序与下道工序的相互协调。他在组织大干中，特别注意做好思想政治工作，看到少数工人有只图产量、忽视质量的现象，就耐心地进行教育，使他们提高认识，自觉多出活、出好活。

领导以身作则，群众紧紧跟上。工人们发出豪言壮语："泰山压顶不弯腰，任务再大也要超！"12 号锤小组的老组长陈绪昌，在抗美援朝中腿部负过伤，身体很不好，可他带头大干，亲自上锤。在他的带领下，全班一条心。青年工人吴凤桐连续两个多月白班连夜班，战斗在生产第一线。老工人王有富家住大屯，下班回家休息了一会儿，就马上到厂里来参加三班的生产突击活动，他着急忙慌地跑到火车站却没赶上火车，又跑回家借了一辆自行车，及时赶到了厂里。平锻车间二班班长范学馥，带领全班创造了锻打半轴，超额完成班产任务 330% 的历史最高纪录。

1974 年 10 月中旬，长春开始下雪，那年的雪出奇地大，有的地方三尺来厚，市内的各种公交车大部分停运。锻造工人又提出："大雪封门，封不住我们的两只脚！"锻造工人从全市的各个住地顶风冒雪赶到厂里来。有的员工家住长春火车站附近，为了参加早晨 5 点钟的突击，夜里 2 点就出门在大风雪中步行近 3 个小时赶到厂里。还有许多女青年顶风冒雪，徒步几小时来厂参加突击活动。他们写下豪迈的诗句："急令飞雪化春雨，汗水浇开跃进花。"每天锻造分厂早 5 点就响起了锤声，三天里参加突击活动的达 460人次，几天内达到 1400 多人次。由于风雪阻碍，钢材供不应求，毛坯车间的生产形势顿时紧张起来。分厂领导亲自带领一支团员突击队，冒着凛冽的寒风，清理厂外铁道上的厚厚积雪，为拉材料的火车开道。分厂团委组织的 9 支突击队奋战在模锻车间锤前。许多人怕雪大不能按时到厂参加突击，就吃在车间睡在车间。锻造工人这样克服困难、大干实干的精神，为全厂做出了表率。

## 企业整顿开新局

一汽曾于 1966 年被国务院命名为"全国大庆式先进单位"，在十年动乱中企业管理遭到破坏。为了治理十年动乱时期给企业造成的严重创伤，从 1977 年起，全厂进行了为期两年的恢复性企业整顿，重塑企业形象。

1977 年 1 月，一汽成立了学大庆领导小组，开展重建大庆式企业活动，全厂上下制订了"学大庆、抓整顿"的规划。1978年7月15日，党中央、国务院要求一汽在当年治理整顿，建成大庆式企业。时任一机部部长的周子健，副部长周建南、张效增，省委副书记宋洁涵先后专程来厂蹲点指导，督促和帮助一汽尽快整顿重建。9月，一机部又从机关和13个省、市、自治区的机械工业部门及部分企业抽调500多名干部，组成学大庆的几个方面的检查团，对

一汽学大庆活动

一汽学大庆的情况进行了一次全面的中间检查。9月中旬，厂领导带领1800多人到吉林化学工业公司参观学习。12月，厂党委还组织带领数百人赴大庆参观学习，从而加快了学大庆的步伐。

1978年7月5日，经过整顿，重新启用了第一汽车制造厂的公章，各专业厂、处室的印章也同时更换。同年12月14日，吉林省委工交部同意撤销第一汽车制造厂革命委员会，并按《工业三十条》的规定，实行党委领导下的厂长负责制，党政领导班子在组织上也进行了整顿、调整和充实。全厂42个专业厂和处室都配齐了领导班子,672个科室、车间分别配了科长、车间主任和指导员,确定了岗位责任制，明确规定了车间党支部的监督、保证作用。

在企业管理整顿方面，集中力量打了提高产品质量、组织均衡生产、维修设备工装、治理厂容厂貌、强化经济管理五个硬仗。

在产品质量方面，几项主要的质量指标达到了1966年以来的最高水平。通过开展创造"产品质量信得过班组"活动，质量第一的思想深入人心，继贮气筒小组被一机部命名为"质量信得过"小组以后,全厂又有118个小组达到"质量信得过"的标准。

组织均衡生产是这次整顿过程中难度大、得人心的一项成果。1978年，厂党委提出了"优质、高产、均衡、低耗、安全"的十字方针，把"均衡"作为十字方针的中心环节。同时加强计划的综合平衡和生产指挥，并把均衡生产的考核和评奖相结合。执行的结果是：全年旬均衡率稳定在"三、三、四"，11月、12月的日均衡达到100%，这是建厂以来从未有过的。均衡生产有效解决了生产波动问题，使汽车数量、质量稳步提升。

在设备工装维修方面，认真贯彻了以预防为主、维修保养和计划检修相结合的方针。1978年这一年，机动系统就组织了七次设备升级活动。到年末，按部颁标准，全厂设备完好率达到了85%以上。

厂容厂貌的整顿，全年共掀起两次高潮，经过这两次突击治理，基本做到了场地平整、道路畅通、窗明地净、工具箱和工位器具排列整齐，基本恢复了现代工厂的原貌。

经过全面整顿，经济管理工作得到进一步加强。整顿和修订了劳动定额和材料消耗定额，建立和健全了指标考核体系和核算体系，全厂1200多个基本生产小组，93%开展了班组经济核算。整顿和加强了仓库管理和物资管理，在490多个仓库中，有430个仓库达到了验收标准。提前完成了1978年的汽车生产任务，8项主要经济技术指标全都完成了国家计划，并达到了历史最高水平，全厂各条战

技术人员调试液压装置

线呈现出欣欣向荣的新气象。

　　1979年1月5日至15日,吉林省委副书记宋洁涵带队,由一机部、长春市委、省委工交部、省经委组成检查验收团共395人,来一汽检查学大庆情况。按照国务院规定的大庆式企业六条标准,深入各基层专业厂、处室逐项对照检查。1月15日,中共吉林省委、省革委会和一机部联合举行"第一汽车制造厂工业学大庆检查验收暨大庆式企业命名大会",命名一汽为"大庆式企业"。一汽的下属单位,有配件分厂、供应处等19个分厂、处室被命名为"大庆式单位",轿车分厂、生产调度处等10个分厂、处室被命名为"学大庆先进单位"。

一汽这次重建大庆式企业，很大程度上还是恢复性质的，但它为一汽贯彻党的十一届三中全会精神、实现工作重点转移创造了一个良好的开端。在命名大会上，时任厂党委书记刘守华代表党委提出了"创三个第一流"（产品质量、主要技术经济指标、科学管理）、"向三个方面进军"（向产品换型进军，向达到年产八万辆生产能力进军，向培养一支具有现代科学、技术、文化的职工队伍进军）的发展目标，按照高标准大庆式企业的要求，加快了把一汽建成现代化汽车工业基地的步伐。

第九章

紧跟时代步伐

1976 年粉碎"四人帮"后，全党的中心工作转移到"拨乱反正"和"以经济建设为中心"上来。邓小平提出了"对内经济搞活，对外经济开放"的战略决策和"工业企业要全面整顿"的号召。中共中央关于发展工业的几点意见中也强调企业要"引进新技术、新设备，加强管理，抓好产品质量，扩大进出口"等。当时，"解放车型陈旧，三十年一贯制"和"老面孔不变"的社会舆论对一汽人形成很大的压力。同时，多年来包建二汽的建设任务已经告一段落，摆在全厂面前的迫切任务应该是如何加快自身的技术改造、产品换型换代和完善现代化企业管理。这是一次严峻的挑战和历史机遇，一汽人适时地迎难而上，抓住机遇，踏上了创新转型的新征程。

## 换型改造的历史使命

党的十一届三中全会以后，我们党重新确立了实事求是的思想路线，在经济方面贯彻了"调整、改革、整顿、提高"的八字方针，把全部经济工作转到以提高经济效益为中心的轨道上来，对现有企业逐步进行体制改革和技术改造。中央领导一再强调在"六五"期间要重点开展企业技术改造，在"七五"期间要广泛进行企业的技术改造，技术改造不抓紧抓好，"四化"就没有希望，近期建设方针是以改造老企业为主。其中特别提到一汽要优先抓，党和国家领导人对老牌国有企业的改造提出了明确要求。

再从一汽内部来看，工厂存在着比较严重的产品老化、装备老化、工艺老化、人员老化等问题，面临着迫切需要改造的任务。一汽产品换型和工厂改造，不仅是全国人民和全厂职工的强烈愿望，也是参与市场竞争、服务社会的迫切需要，是人心所向，大势所趋，更是历史赋予一汽的光荣使命。

一汽的产品换型工作是从"解放"车型的换型开始的。

1980年5月27日，中共一汽第六次代表大会召开。大会听取并通过了上届党委做的《同心同德、奋发图强，为加速我厂的现代化建设而努力奋斗》的工作报告，提出了一汽从1980年到1985年实现"老车换型、产品创名牌、品种上十个、年产过八万、企业管理现代化"等目标。自此，揭开了一汽换型改造的序幕。

产品换型的头一个关键，是开发新一代"解放"牌汽车，这个新型"解放"车就是CA141。当时，国家正处于国民经济调整时期，不可能为一汽提供大量的资金，但产品换型、工厂改造必须尽快完成。在时间紧、任务重、资金少的情况下，一汽把产品换型研制工作的基点放在自力更生上。与此同时，引进国外先进技术。在产品更新上，还力抓主要矛盾，对老产品的缺陷和优点做了全面的分析，处理好发展和继承之间的关系。然而，要开发的 CA141 新"解放"车不是引进，而是自主研发的新产品，工作量是显而易见的。

国产 CA141

一汽在做出"增产增收，自筹资金，换型改造"的重大决策后，首先抓紧的就是 CA141"解放"车的开发工作。1980 年 7 月 17 日，总厂下达了 CA141 型 5 吨载货汽车和 CA6102 顶置气门汽油发动机的设计任务书。设计任务书提出的原则是：在老产品的基础上进一步挖潜改进；总成和零部件在满足性能要求的前提下尽量不改或少改；充分考虑换型过渡的可能性和现生产工艺的继承性；充分利用现有设备和装备；各项性能争取赶上或超过二汽的 EQ140 车。

刚刚实现厂所合并的汽车研究所，接到任务后立即组织部分设计人员走访用户，征求意见。10 月，设计工作全面铺开。

当时，汽车研究所的田其铸被任命为开发 CA141"解放"车的主设计师。新车开发工作开始了，广大工程技术人员把多年积压在心头的换型改造的热切愿望化为各自的实际行动。新车发动机主设计师冯建权考虑，要设计出能在原生产线上通过，又要使其主要指标超过国内同类水平的发动机，好比是"旧袍改西装"。分电盘摆布是个技术难题。

在他喜迁新居时，忽然迸发出"搬家"的灵感，把分电盘移动位置，既可以在现有的生产线上通过，又可以满足顶置气门布置需要。他高兴得手舞足蹈，立刻绘出草图。所有参加设计的工程师为了尽快设计出图纸，废寝忘食，不怕疲劳。有的在主图板上连续趴了一个半月，很多次连续工作十几个小时，周日和晚上经常由家人把饭菜送到办公室……在开发新车的日子里，汽车研究所的设计大楼，白天紧张忙碌，夜晚灯火通明，人们日夜兼程地为换型改造而战，为及早完成改型换代打下基础。

## "走出去""请进来"

产品换型创新，对一汽来说无疑是一场脱胎换骨的革命。当时所面临的突出问题是，缺少国外发达国家先进的汽车制造理念、技术和经验。因此，一汽制定了"走出去"学习国外先进技术经验的战略，并着手开始实施。

1977 年 9 月，一汽决定派时任生产部副主任的李治国代表一汽参加由一机部汽车局组织的"赴日汽车工业技术考察团"，到日本进行考察。这是我国第一个到发达国家进行技术考察的代表团，由一汽、二汽、重汽、上海、北京、南京和天津等汽车厂各派出一名代表，一行 12 人，赴日进行为期 45 天的全面考察。

这次考察是应日本丰田汽车公司和日本国际贸易促进协会的联合邀请，先后考察了日本 11 个大型汽车公司中的10 个。

考察虽然仅仅 45 天，却令考察团人员眼界大开，知道了什么叫现代化大生产、大企业，同时，也看到了我国与发达国家汽车工业在工艺装备、自动化程度、管理水平、产品质量控制和产品开发、试验手段等方面的巨大差距，从感性上有了更加深刻的了解，同时也在理性上更进一步明确了我国汽车工业发展的方向和目标，也就是技改替代、扩大产销。轿车和轻型车进入家庭，在我国的经济发展到一定程度后是历史的必然，是经济社会发展的趋势，是时代发展的需要。轿车若不进入家庭，就不能成为一个国家的支柱产业。

这次考察，实际是对考察团成员的一次培训和管理教育，给他们上了一堂实操性的现代汽车工业知识课。

考察回国后，在国内又对我国的大型汽车厂和零部件厂进行了一次较为全面的考察。通过与国内外汽车工业水平的对比，结合团员们的体会，提出了我国汽车工业发展的方向和目标，以及如何借鉴国外先进管理经验的改进建议。同时还编写了一份日本各大汽车公司的情况报告，并附有大量照片，为我国各大汽车公司提供了一份当时在国内极其少见的宝贵参考资料。

1977 年 9 月，应时任汽车局副局长胡亮的邀请，由日本自动车工业协会及日本国际贸易促进会出面组织，以日本三菱汽车公司社长兼任工业协会会长的久保富夫为团长，丰田、日野、日产、五十铃、日产柴、本田、东洋、大发、铃木、富士重工等汽车公司社长级负责人参加的日本汽车工业考察团来华访问。我们既要"走出去"又要"请进来"，这是自中日恢复邦交正常化后第一个阵容强大的汽车高级代表团。汽车局对此非常重视，组成了专门接待班子，并责成一汽的李刚全程陪同。

历时半个月，代表团走访了我国的一汽、北汽和杭发等重点汽车厂，所到之处受到热情接待。李刚抓住机会向久保富夫提出，下一步能否由日方免费接待中国一个业务研修团到各公司去实地考察和学习，以便进一步寻找合作机会。这个想法得到久保富夫的积极回应。得到这个消息，一汽请示汽车局和一机部领导批准由一汽组团赴日实习，以便加速推动一汽的技术改造和产品换型。这个建议得到了上级的肯定和批准，同意由一汽组团，赴日实习。

1977 年底前，一汽对派遣实习团工作做了周密的安排。按专业配套组团的原则，在总厂领导、专业厂和有关职能处室的领导中选定了 17 名业务骨干和三名翻译，共 20 人。其中包括时任一汽厂长的刘守华、负责规划的副厂长李刚和负责设备维修的副总工程师王达勋等。业务覆盖了产品设计、实验，铸、锻、冲、机械加工等工艺和产品检查、设备维修、工具制造、热力供应以及生产、物资供应、计划、财务管理 14 个专业。对一个综合性的汽车制造厂来讲，可谓全领域学习，齐全专业配套。

为了给实习团的出访做必要而充分的准备，应日方邀请，李刚会同一机部外事局陈仁慧、汽车局刘惠群等同志，组成了中国机械工程学会自动车实习团的先遣团，带着大家的初步实习计划和专业要求，在 1978 年 4 月 22 日启程赴日。在日本贸促会和汽车工业协会的帮助下，他们花了近一个月的时间，走遍 11 家汽车公司，为实习团的活动做了前期铺垫和安排，最后形成了一个初步的实习方案并签署了协议。

先遣团回国后，李刚又对全团实习的专业分工、实习方法、实习日程等做了具体的介绍和部署。按照半年的实习计划，要对日本十大汽车公司进行认识性参观，全面了解日本汽车工业概貌；分别在三菱、五十铃、日野、日产柴和丰田五大公司，带着课目有针对性地深入实习。全团同志结合本职工作，按产品设计、工艺和质量、辅助后方、生产管理四大方面，成立四个专业小组，各自做好有针对性的学习计划。每个人除突出自己的专业和组别学习外，对于全局性的重点项目，作为共同的重点课目，全团参加听课和学习。

全团 20 人经过思想、语言、业务、生活方面的充分准备后，于 1978 年 5 月 20 日启程赴日，开始了半年的实习生活。

实习团到日本后，按原定计划，研修活动进展得十分顺利。所到之处，日方给予了高规格的接待。尤其在后 5 个月的重点实习中，日方尽量满足中方的要求。为了使中方能学懂、学好并节省时间，各公司增加了多名翻译和专业讲解人员，指导四个组同时活动，或同时安排教师授课。每堂课都提供有关讲义和资料，包括工厂的组织机构、规章制度，甚至一些图纸、数据、说明书等。分别组织观看管理现场以及新产品的开发过程，实地参观各种道路试验、撞车试验，还参观了日本汽车研究所的部分科研项目。

全团同志学习情绪十分饱满，每天回到驻地及时整理笔记，分解细化学习计划，分段进行实习心得的小结和交流。有的同志根据需要，还随时把学习到的资料寄回国，供所在单位学习参考。

实习团还成立了临时党支部，定期过组织生活，克服了初期学习上的不适应，加强了实习的责任感，决心认真多学一点，学深一点，真能把看到的经验学到手，以应用在今后的实际工作中。1978年11月16日，实习团实习期满，顺利结束。回国时，实习团带回了日方给他们提供的讲义、说明书、图纸数据、照片、样品，总计超过两吨重，另外还有赠送的发动机总成等零部件，可以说是满载而归。

通过实习考察，实习团成员深刻地体会到日本汽车工业的发展是成功的，回想在20世纪50年代日本的汽车产量、技术水平和一汽差不多，甚至"红旗"轿车的水平还走在他们前面。但经过20年的时间，他们已经把我们远远地抛在后面。和我们相比，他们的宝贵经验是：公司外部直面激烈的市场竞争，增强创新动力；公司内部依靠准确的市场信息进行详细的计划和严谨的设计制造。他们学的是西方技术，但已能抛开西方开发出自己的产品；他们使用和国外相同的设备，却通过全面质量管理赢得比西方更高的产品质量，特别是日本超越了西方工业企业管理的模式，首创了"丰田生产方式"，大大地提高了生产效率。

实习团成员看到了日本厂家汽车销售服务的情况，各销售网点都把用户订单内容、需求意向、产品建议和产品缺陷、索赔等调查得十分详细。再把这些信息通过大型计算机联网，分分秒秒地通向生产中心，以此为依据，编排多品种混流生产日程计划，指导、拉动公司的全部生产经营活动，保证准时把优质产品送到用户手里。产品开发部门也根据销售部门的质量信息反馈改进产品，使汽车设计、制造、功能及适用性更加完善。

实习团成员还看到了日本各汽车厂家对新产品研发的重视程度。在"先行研究""先行开发"上敢于大量投入资金，能够做到产品生产一代，试制一代，开发一代，周期一般只用2~3年，不失时机地开发新产品以满足用户需求。

日本的汽车企业，生产组织严细，运作准时，能在几条装配线上一天组装上万辆汽车，可以细分成七八千个品种。依靠"看板"的衔接，井井有条地进行多品种混合流水生产；处处制定低消耗、低成本、低储备、少人化、专业化、多任务、多工序操作的各种程序和标准，以提高劳动生产率和资金利用率。考核设备的"可动率"和"稼动率"，加强设备的预防性检修，制定设备精度指数标准，以保证生产稳定。严格执行废弃物的无害化处理，广泛运用计算机，加速信息处理。以上见学实习，给实习团员们留下了深刻的印象。

据实习团成员陈金荣[①]回忆：

在日本的第一个月是全面参观学习，去了35个工厂，给我留下全新管理的印象。一个月后，到三菱、五十铃、日产柴、日野、丰田汽车制造公司研修。我一般先到生产现场，了解现场管理。在日本工厂，一条工序比较长的曲轴生产线，只需几个工人在机操作，设备是单机自动的，每个工人在规定的生产节拍下，可以利用机床开动时间，离开本工序到下一工序、再下一工序干活，一个工人可以在节拍时间内操作几道工序，实行多工序操作。

三菱公司的作业计划及生产顺序编制得非常细致，无论模具、材料、毛坯、机加、装配都严格按生产要求同步进行，

---

① 原一汽生产处副处长、一汽经济技术政策研究室调研员、一汽—大众高级顾问。

基础资料有设计零件表，生产系统按生产实际编了指导生产的生产零合件装配表（BOM 表），作业计划用计算机编排到各生产线、装配线。各公司都运用计算机进行生产与供应、生产与设备负荷控制，人力资源全方位平衡，销、产、供衔接严密、科学。

在丰田实习的重大收获是，破除了我思想上的陈旧观念。生产技术和制造技术不同，生产技术是生产产品的四大要素——人、机、料、法（工艺），而制造技术是把生产技术（4 要素都是 M 为第一字）和资金（也是 M 第一字）用超常规的思维、智慧、技术变成最佳效益。在冲压车间，五台 1200 吨压床在五分钟内就把大型冲模更换调整好，正式生产了。丰田在 3~5 分钟内就可以把 1000 吨以上的大冲压床的模具换好调好，小零件冲压几乎在你还没有察觉时，模子就调好了，几秒钟就可以换一套小型模具，而在我们厂，1000 吨压床换一套模子要 240 分钟。丰田公司冲压生产以 2 小时批量作为生产期量，而我们却是每次投产要两个月或一个季度的批量，我们的制品储备时间达到两个月，而丰田只是两个小时储备，这就是不同的制造技术的两种结果。他们在 Just in time（即 JIT，准时化生产）的指导、实践下，实施全员参与、全员维修、全面质量管理，冲压成批生产只有两个小时的储备。看到这些，我很受触动，真正领悟到了我们思想的陈旧、管理的落后。

通过到日本考察实习，一汽对国外的技术和装备开始有了充分的认识，在"六五"产品换型工厂改造中，坚持引进国外先进技术，并同发扬自力更生精神相结合，采用新工艺、新技术74项，新材料62项，新增和更新设备7630台，其中包括359台高精度、高效率的进口设备。共建成新生产线79条，改造老生产线124条。通过技术改造，工厂工艺水平和制造水平有了显著提高，并在实践中探索了引进国外先进技术和整套装配线的有效模式。

一汽在技术引进中，紧紧围绕换型产品"上质量、上品种、上水平，提高经济效益"的方针，把引进重点放在以下几个方面：一是提高发动机的动力性，如化油器设计制造技术、汽油机与柴油机增压技术等；二是改善驾驶室的舒适性和车型外观，如涂漆技术、内饰软化技术和平头驾驶室设计制造技术；三是提高底盘的可靠性，如带同步器变速箱设计和制造技术、膜片离合器设计和制造技术、车轮制造技术等；四是汽车的设计试验手段，如1980年从美国MTS公司引进的汽车道路模拟试验机，100小时的台架试验相当于汽车行程5万~6万千米的道路试验；1987年从意大利DEA公司引进的大型三坐标测量仪，形成了三坐标测量、计算机处理、绘图机出图三位一体的现代化车身设计手段，大大缩短了新产品的设计周期。

通过开展贸易活动引进先进技术，也是一种行之有效的方法。以低价或无偿获取先进技术作为购买对方产品的条件，即"以市场换技术"，可以大大缩短自主开发周期。一汽 1982 年与 1985 年先后开发的 CA 150P 型 6 吨和 CA155P 型 8 吨平头载重汽车，是从日本三菱公司引进的，其驾驶室产品和制造技术，就是通过"技贸结合"方式，把引进先进技术作为购买对方产品的条件。一汽 1985 年自主开发成功的 CA6110 柴油机，也是以通过"技贸结合"方式引进的 6D14 柴油机为主要参考样机。这两项产品的成功开发，为一汽载重汽车的柴油化和平头化以及后续的合资合作奠定了基础。

一汽的技术引进，既考虑先进性，又考虑适用性，不盲目追求国外的最新水平。在生产工艺和制造技术方面，针对落后的工艺和加工手段，着重引进了提高铸锻毛坯精度的关键技术，如冷芯盒、自硬砂铸造技术；为提高机械化自动化水平，引进了组合机设计、制造的软件和部分硬件，如回转工作台、自动磨齿机、坐标镗床等。车身厂 1985 年建成的车门生产线，是当时中国第一条具有 20 世纪 80 年代水平的车门机械化生产线。它由 5 台压床组成，如果全套引进，要花 400 万～500 万美元，为了节约投资，一汽只用了 80 万美元，从日本引进了 1 台 4 点双动 1000 吨机械压力机，其余 4 台都实现了国产化。

变速箱厂生产的 6 档带同步器变速箱产品，是从日本丰田集团的日野公司引进的。在引进产品技术和制造技术的同时，移植了丰田公司的准时化生产方式：采用设备浮放地面、动力管网空中走行的柔性生产线，取代用地脚螺丝和地下埋设管网的固定安装方式；采用 U 型式 "一个流"的设备平面布置，取代一字型、S 型的设备平面布置；采用以看板为指令的 "拉动式"，取代以计划为指令的 "推动式"的生产组织方法；采用 "一人多工序" 取代 "一人一机" 的劳动组织方式；实行操作工人 "三自一控" 的质量活动，取代单纯依靠专业人员的质量把关制度；实行 "以生产现场为中心、生产工人为主体、车间主任为首" 的现场管理体制，改善现场服务工作。经过三年的努力，培育了第一个推行准时化流水作业生产的样板厂。

1982 年以来，一汽汽车研究所通过邀请外国专家，解决了许多性能及质量方面的问题。在同国外专家的合作中，先后为 6110 型柴油机的匹配供油系统设计了 30 多个方案。专家自带测试仪器，13 次来厂进行试验，使 6110 型柴油机的油耗由 175 克 / 马力·小时下降到 158 克 / 马力·小时。解决了 6102 发动机的高速噪声问题，在不降低原发动机性能的前提下，近场噪声下降了 12 分贝，远场噪声下降了 3~4 分贝。

引进国外的先进技术和装备，在一汽"六五"产品换型改造中发挥了关键性作用。

## "解放"换代车 CA141

1980 年 7 月 17 日，总厂下达了 CA141 型 5 吨载货汽车和 CA61O2 型顶置气门汽油发动机的设计任务书。经组织部分设计人员走访一些用户后，开始了方案设计工作。

在方案设计过程中，原设计任务书过于迁就对老产品的继承，例如要求新车轮距、轴距及车架的长度与老"解放"CA10B 相同，传动、转向系统也没有多大改变，而且没有考虑选装柴油机。这样的方案固然可以节省换型改造的时间和费用，但是从技术上看起点过低、更新少。当时我国尚未提出实行市场经济体制，国内汽车业仍是卖方市场，老"解放"供不应求，国家还大量进口汽车，是简单地按原来的设计任务书设计一个技术落后的缺乏市场竞争力的车求稳，还是积极地提建议，设计一个技术先进的、具有市场竞争力的车创新，我们面临着两难的抉择。

1981年新年伊始，李刚厂长主持召开了总厂总师室成员及各职能处室和分厂负责人参加的两次高端会议，听取了CA141方案设计和改进建议的汇报，研究了实现这些建议的条件和可行性，并做出了重大决定：采用新的车架；轮距和轴距可以根据要求进行变动，采用新的前轴和悬挂系统；除原来规定的采用CA6102顶置气门汽油发动机外，还可以装CA6102D、CA6110（CA6110A）和朝阳柴油机厂生产的6102BQ6柴油机。由于工厂换型改造资金有限，时间又紧迫，对于传动系统和转向系统决定分两步实施：先按原计划对老"解放"CA10B的结构做些改进用于初期的CA141上，同时做好各项准备工作，争取在"七五"期间投产全新的传动和转向系统，实现全面换型。3月17日，总厂下发了《关于修改、补充CA141型五吨载重汽车和"解放"顶置气门汽油发动机设计任务书的通知》，为CA141的生产设计工作明确了方向。

在全体设计人员的日夜奋战下，第一轮试制图纸于1981年5月全部出台。7月1日，试制出第一台样机，年底前共试制出8台样机；10月初试制出第一辆样车，年底前共试制出6辆样车。样车样机试制出来后，即开始了全面的试验工作。CA141车进行了420小时的道路模拟强化试验、台架扭转疲劳试验、一万千米强化道路试验；

CA6102 发动机完成了凸轮型线及配气相位选择、化油器参数选择、压缩比选择、分电器提前角选择试验和怠速排污试验，在台架上运转 750 小时，共制取各种曲线 1500 余条。

1981 年 12 月 30 日，在上述试验的基础上，厂里召开了第一次工厂鉴定会，会议认为，CA141 和 CA6102 设计图纸可以作为一汽改造产品换型工厂扩初设计的基础。对在试验中未出现问题的一部分底盘总成、驾驶室和发动机部分零部件做标记，用于第二轮设计。

CA141 的第二轮设计取得突破性进展。第二轮设计工作于 1982 年 4 月初结束，并发出了试制图纸。第二轮设计吸收了许多改进意见和建议，将车头前悬置点的跨度由 876 毫米改为 300 毫米，改变了车架横梁的形状和位置，将车厢纵梁前端与车架纵梁之间改为弹性连接，将气缸体局部加强，机油泵前移改由曲轴齿轮驱动等，从而解决了车头、车架横梁、车厢纵梁和气缸开裂、机油泵传动齿轮早期磨损等问题。

1982 年上半年，CA141 完成了整车性能试验、2 万千米可靠性试验、车架刚性及应力测定、钢板弹簧性能及疲劳寿命试验等 28 项主要试验；发动机完成 3 次火花塞选型、附件功能消耗、冷热充气试验，活塞温度测量，气道试验和 500 小时最大功率强化试验。

6 月 29 日至 30 日，进行了第二次工厂鉴定。决定已开始生产准备设计工作的总成和零部件的工装可以投入制造；发动机 7 个子系统进行生产准备。

1982 年下半年共试制出第二轮样车 7 辆。为检验改进的效果，重新进行了整车性能试验，台架扭转疲劳试验，道路模拟试验，5 万千米可靠性试验和部分零件的台架性能、可靠性等 11 项试验。

第二轮样机 1982 年底试制出 1 台，1983 年上半年试制出 10 台，其中 3 台在台架进行了全部性能试验，包括 1000 小时和 1615 小时最大功率强化试验，其余样机于 1983 年 5 月陆续装在第三轮 CA141 样车上进行性能和使用试验。

从 1980 年 10 月开始方案设计到 1983 年 9 月产品定型，用了近三年时间，共完成了 CA141 和 CA6102 发动机的两轮设计和一次较大的修改设计，还完成了一批变型车设计，共试制样车 16 辆，样机 18 台。发动机最大功率可靠性试验共运转 4115 台时，整车可靠性试验用了 4 辆车，共行驶 20 万千米以上。

1983 年 9 月，中汽公司授权主持召开了第一个国家级 CA141（包括 CA6102）鉴定定型技术审查会。出席鉴定会的 67 个单位的领导和专家一致认为："解放 CA141 型 5 吨载重汽车的燃料经济性和动力性均已达到国内先进水平；

平顺性达到或优于三种日本和一种美国同类汽车水平；安全性有了很大提高，部分主要指标达到国际要求；发动机性能包括经济性优于技术任务书指标，可靠性达到国际水平；汽车大修里程预计可达 20 万千米。由于汽车性能、可靠性和寿命比老产品都有很大提高，并充分考虑了多品种、系列化、通用化和标准化，社会效益、经济效益显著。"9月 23 日 CA141（包括 CA6102）通过国家鉴定。10 月 8 日由中汽公司正式批准定型生产，CA141 载重汽车取代了老牌"解放"，以崭新的姿态出现在中国大地上。

## 一次思想解放的动员大会

一汽自成立到 1983 年换型改造，经过了三次比较大的技术改造。第一次是 1963 年，建设生产 2.5 吨三桥驱动的 CA30 型军用越野车的越野车分厂；第二次是 1965 年，为了扩大"解放"牌汽车产量和进行企业改组向专业化迈进，由原设计年产 3 万辆达到年产 6 万辆；第三次是 1973 年，按年产"红旗"轿车 300 辆的目标改建原有轿车分厂。经过三次改造和利用部分更新资金，更新了一些超龄的设备，使一汽从单一品种的生产厂转变为多品种汽车生产厂，从具有年产 3 万辆生产能力的汽车工厂发展到具有年产 7 万辆生产能力的汽车工厂。

许多生产工艺和设备也不断地改进和更新，但是仍没有从根本上弥补一汽总的工艺水平落后和设备陈旧的本质缺陷，有些已经直接影响到产品质量。比如，铸造不少还是振动造型，型砂处理和制芯工艺落后，生产出来的铸件精度和光洁度都不够理想；锻造多年来还是采用以蒸汽锻锤为主的方式，锻件精度差，能耗高，工人劳动强度大；冲压设备 55% 以上是建厂初期的设备，仍在超标使用，保证不了冲压件的精度；全部是固定式台面，更换模具及调整困难，不适应批次、批量生产的需要。基本都要依靠手工上下料，劳动强度大、效率低、不安全。

机床车间一角

从生产管理的角度来看也极不适应，原来只有一套管理手段，即简单生产型管理方式。进入现代企业后必须学会三套本领，既要学会新产品开发，又要学会多品种生产管理方法，还要学会销售服务，即从生产型企业转变为经营管理型企业，以适应市场不断发展的需要。

1985年下半年到1986年是一汽最艰难的时期。那时，全厂的"换型改造"已进入关键阶段，市场形势也骤然变化。

时任厂长耿昭杰和党委书记李玉堂，到北京贸易中心去察看汽车市场。那天正好是星期天，人家不营业，他们趴在玻璃窗前往里看。听见有人问看门人："师傅，东风140有货吗？"东风140是二汽的"拳头"产品。难道市场上再也无人要买"解放"车了？一汽来京参加展销的人哭丧着脸说，来买车的都到二汽柜台前排队，人家没货了，才到一汽柜台前端详，可是真掏钱买车的人不多啊！厂领导听到这些话，就像迎头挨了一棒。原本计划一边生产老产品，一边换型改造，看来这条路给堵死了。

历年厂里安排下一年工作，只需要几天工夫就解决问题，这次却足足开了二十几天的会，还没理出头绪。市场的陡然变化，来势之猛，简直让人猝不及防。看看厂里销售公司的日报表，销售额日趋下降，心痛之余是万分焦虑。

当时一汽已负债经营，换型所需的外购设备年初要到货，七万多职工要开工资，正是需要钱的时候，老产品却严重滞销，不少债权人整天到一汽来要账。领导最着急。怎么办？厂党委做出大胆决定：向全厂干部职工亮牌交底，动员大家紧急行动起来，完成更新换代，适应市场骤变，战胜眼前的困难。

1986年2月14日，正值北国隆冬时节，春节后上班的第一天，当天长春市的气温在 -30℃以下。就在这样的寒冷天气里，在一号门广场，一汽召开了规模空前的换型转产动员大会。

此刻，参加大会的上万名职工鸦雀无声，冒着严寒，静静地倾听着时任厂长耿昭杰所做的动员讲话。耿厂长激动地说："换型改造已经到了决战的关键时刻，换型与生产之间、换型与自筹资金能力之间，以及换型与协作配套件、材料、改装车备件、用户服务等工作的同步方面，都存在着许许多多的困难和矛盾，就像一座座大山矗立在我们面前，唯一的出路是全厂上下万众一心，以压倒一切的气概，把这些大山搬掉，杀出一条血路来。"人们屏住呼吸，静静地倾听，无一不在思索着全厂形势严峻的命运。

此时，把"置之死地而后生"这句话用在一汽身上，再合适不过了。大会提出的"愚公移山，背水一战，万无一失，务求必胜"的口号，立即得到全厂职工的热烈响应。换型改造的决战时刻到了！

如此撼动人心的场面，一汽人已经许久没有看到了。参加过这次大会的同志后来回想起来，仍情不自禁地说："这是一汽的又一里程碑！"为了换型决战的胜利，不少退休老工人要求重返车间，把有生之年献给一汽；有很多青年一再推迟婚期，昼夜奋战在自己的岗位上。有的人连续加班累倒了，住进医院后又偷偷跑回工厂，硬是不肯离开生产第一线。妇女家属们为保障丈夫的前线生产，送饭到车间。"换型"成了一汽压倒一切的任务，事关一汽前途命运，只要是"换型"任务，工厂处处大开方便之门，创新之路一路绿灯。

换型改造工程的主要内容：一是产品方面，新型CA141 五吨载重汽车，要克服老"解放"车固有的若干缺点，保留坚固、耐用、可靠、好修等优点。不论在经济性、动力性、安全性、舒适性等各个方面，均比老车型有很大提高。主要性能及经济指标，均达到或接近国外同类产品。在 CA144 新车型进一步改进后，即为 CA142 更新的车型，可达到载重 6 吨，其吨位百千米油耗在 4.5 升以内。在此基础上还要发展平头车，即 CA150P；装上一汽自行设计的6110 型柴油发动机，即可变为柴油车。如此，一汽可实现长、平头车并举和汽、柴油并举，还可以用这些车的基本车型和变型车，改装成数百种符合国家建设需要的改装车。

二是工厂改造，要采用先进的工艺设备，改造更新一些老的工艺和装备，并引进一些成熟可靠和适用的国外先进技术。如铸造扩大了高压造型、热芯盒，可实现引进冷芯盒、壳芯制芯，为减少污染，将冲天炉改为热风除尘，安装炉料自动称量装置和冷却混砂机等；锻造采用国外引进技术，国内制造具有 20 世纪 80 年代水平的以 12500 吨机械锻压机为主机的曲轴、前梁锻造自动线和以 3150 吨机械锻压机为主机的连杆锻造线；车身分厂的冲压，采用了以国外进口的 1000 吨双动压床为主机的活动工作台的冲压线，并带有快速更换模具装置；设备制造分厂引进德国组合机制造技术，并购买美国的高精度数控万能镗铣床，为发动机和底盘等分厂关键零部件提供自制高精度水平的组合机创造条件；发动机分厂的缸体采用以主轴承孔定位精铣顶面、缸孔珩磨自动测量等新技术，曲轴、凸轮轴关键部位采用国外引进的高精度精密加工机床，连杆采用称量自动去重线，增加零件装配前的高压清洗工序，等等。其他还有车厢以铁代木，节约木材；车轮以宽轮辋代替窄轮辋，改进了产品结构，同时，引进国外部分先进设备和技术，降低摆差；技术后方和辅助后方生产厂的一些测试仪器和手段也得到更新和加强；汽车研究所的产品开发力量也得到增强。增加中型电子计算机、大型自动绘图仪"CADZ"辅助设计，扩大电子技术的应用范围，建设高速试车跑道等；工厂管理逐步扩大使用电子计算机管理代替人工计算和管理；通信系统采用 6000 门先进的电话交换系统代替陈旧的通信设备；建立污水处理场，进行环境保护及污水处理，改善工厂环境等，现代化汽车工业基地初具规模。

## 背水一战 务求必胜

产品换型迭代更新是一汽人梦寐以求的夙愿。可是面临着资金不足、技术落后、工程浩繁和时间紧迫等重大困难，其中资金不足是最大的困难。当时厂里以自力更生为主，除积极争取国家的支援以外，主要采用边生产边换型的方针，依靠老产品提高质量、降低成本、多产多销获得利润，为换型改造积累资金。但由于市场因素影响，在推进当中遇到了新的困难。1985 年，汽车滞销，月销量从原来的六七千辆降到了二三百辆，产品积压 1 万多辆，最多时达 2 万多辆，厂内到处都是积压的汽车，大量流动资金被占用。"背水一战 务求必胜"已经成了每个职工的自觉行动。

当时厂里有 7 个民主党派组织的成员，还有各级政协委员和具有高中级以上职称的非党知识分子、归侨侨眷、台胞台属及少数民族职工等11000余人，占全厂职工总数的14%以上。他们以知识分子为主体，多数分布在科研技术、产品设计、经营管理和教育部门工作。这支队伍不仅有"人才库"的知识优势，还有与海内外联系广、信息灵的优势，是换型改造中不可忽视的生力军。为了更好地发挥他们的积极性和创造性，一汽在各界人士中开展了"五好一创"活动。

"五好"：完成本职工作好；发挥智囊参谋作用好；学习运用国内外先进技术经验好；传授技术、管理经验，以老带新好；为引进牵线搭桥作用好。"一创"：积极开拓进取，努力创造新成绩。

一汽总厂和各单位采用通报会、座谈会等形式听取意见和建议，讲形势，提要求，交任务，出课题，让他们早知情。厂党委统战部还在一号门前展厅举办了各界人士先进事迹展览，把先进人物的照片和主要事迹展现在展厅里，激发了各界人士的主人翁精神。在各级党委和领导的关怀、支持下，"五好一创"活动收到了可喜的成果。根据对500多名具有中级以上技术职称各界人士的了解，他们在做好本职工作中承担了119个课题和项目，实现技术革新和运用国内外先进技术经验1507项；针对生产发展和换型改造中的关键问题，提出各种合理化建议 2011 项，被采纳 1545 项；在节约挖潜、降低成本中提出增产节约的建议和措施 2196 项，被采纳 1633 项，单车成本降低 120 多元；在"三引进"中，提供国内外技术经济信息 580 多条，被采纳 60 条，引进技术、贸易合作项目 20 多项。[①]

1986 年初统计数据表明，新车型的准备工作已完成工作量的 80%；175 项工艺试验项目已完成 85% 以上；土建施工已完成大部分工作量；厂内设备搬迁做到不停产进行，就位成功率 99% 以上；零合件调试已完成近 90%，并有很多已进行连线试生产和生产验证；设备到货台数占应到台数 80% 以上；产品扩散、外协件布点、技术培训、生产组织工作也取得很大成果。

在"五好一创"活动中，涌现出了大量的先进人物和感人事迹。铸造厂工程师何明必，看到铸造铁水检测手段落后，不能适应新车的技术要求，向厂里提出了引进外国先进检测技术等建议和实施细则。厂领导决定引进美国贝尔德公司的"直读光谱仪"，准备派他去美国学习培训，负责该项目的引进工作。可是当他知道去美国培训需要花大量外汇时，毅然放弃了去美国培训和顺便到香港看望亲人的机会。

---

① 据《一汽 50 年大事记》。

为了弄懂吃透光谱仪的几千条微机程序英文软件，他把全部周日和节假日都用在研究这台设备上，写了数万字的读书笔记，白天时间不够，晚上把资料带回家看，经常干到深夜一两点钟，满脑子装的全是外国资料与国内技术融合，硬靠自己钻研、自己动手研制成功。新设备调试安装以后，准确度提高一倍，时间缩短三分之一，人员减少近一半。

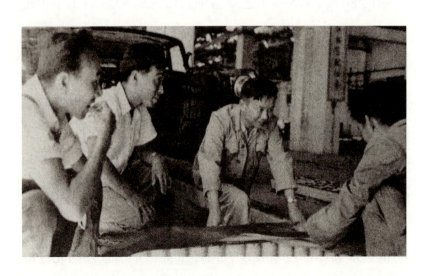

技术人员在研讨工艺改进

工具厂锻工、工人高级技师、归国华侨韩易成，带领全班同志 5 年完成了 12 年的工作量。正当换型紧张的时候，他发现便血了，就瞒着领导挺着干，后来领导知道了，硬把他送到医院，诊断是胃出血，可是第四天他就偷着跑回车间又干起来。一次，他干急件，工件打在自己手指上，造成粉碎性骨折。他强忍着疼痛，没休息几天就上班了。不料，刚接上的骨头被锻锤一震又断了，就这样断了三次接了三次，至今他的小手指还伸不直。

汽车研究所高级工程师、民建成员赵济海，承担了路面测量和路面谱研究的课题。他白天设计试验，夜里查阅资料，走路、坐车、吃饭都在想他的课题，有时半夜醒来也要跑到单位干几个小时。有一次，他走到家门口了却忘了进家门。在海南40多摄氏度的高温天气下，他每天都钻到车底下进行观察测验。他患了急性阑尾炎，大夫让他住院手术，他怕耽误时间，忍着剧痛，哀求大夫保守治疗，结果留下了慢性结肠炎的后遗症。他60大寿时，家人说好要给他好好庆贺一下，他也同意了。可是到了生日那天，亲友们都拎着礼物来了，却找不到老寿星。原来他早把这件事忘得一干二净，又到图书馆查资料去了。他废寝忘食，闯过了一道又一道难关，终于搞成了具有国际水平的真实路形计，荣获"1988年北京国际展览金奖""国家发明三等奖"，为国家填补了一项空白。

工艺处高级工程师胡文魁是建厂初期来厂的老同志，因为身体不好，领导没给他安排急难重任务。可当他得知后桥从动圆柱齿轮断齿赔偿占全厂赔偿的1/20，是影响整车质量的一大难题时,便主动请战攻关。有些同志劝他休息,他说:"CA141'解放'卡车是咱全厂职工用心血、汗水浇出来的一朵鲜花,它有病了,我能好吗!"为了这个齿轮,他吃不好、睡不好,经常干到深夜。他的眼睛本来就有病,天天熬夜累得眼睛肿痛,头脑发胀,他顽强地挺着。他亲自跟班到每道工序做试验,夜班工人不愿意干额外的试验件,他就耐心地做工作。有时没有车运,30多斤重的齿轮毛坯他就自己搬。经过三个多月3388个小时日夜不停地试验,他重新设计的齿轮终于达到了满意的效果,齿轮寿命比原来提高5.25倍,为厂里减少了赔偿损失,更得到用户的肯定。

## 开放型的自主改造

一汽在改革开放经济体制下的自主改造,不是闭门造车、关门研发,更区别于对设备、生产线的全盘引进,而是把引进国外先进技术与发扬自力更生的光荣传统结合起来,是学习、引进、消化、吸收国外先进技术,增强自主改造能力的自力更生。

在开放型的自主改造中,一汽自始至终把产品换型作为主线。为了确保 CA141 新车的设计达到出口水平，在新车开发过程中，分析研究国外的样车，选取国外的先进结构，贯彻 ISO 国际标准。新车试制出来后，还把两辆试验汽车送到日本，委托日野公司，与国外同类车并肩进行试验，通过国内暂时还没有的高速跑道和其他各种现代化试验设备、手段、评价标准和方法，进行了五个月之久的试验。与之配套的 CA6102 发动机，进行了 4 个 1000 小时强化试验，对提高 CA141 新车的水平和一次换型成功起到重要的作用。

开放型的自力更生，主要表现在以我为主，引进、学习、消化、吸收国外先进技术，为我所用，变我所有，迎头赶上。在换型改造期间，结合技术引进和技术交流，先后派出 333 批 1204 人到 20 多个发达国家去考察、学习，使他们开阔了视野，找到了差距，悟出了日本等发达国家汽车工业发展的奥秘，消化、吸收了国外的先进技术。通过联合设计的方式，很快使被培养的我方技术人员具有了独立的设计能力。一汽换型改造中的一些大型成套技术和设备，如阴极电泳涂装线、冲天炉热风除尘、载重车钢轮辋、管带式水箱等，都采用了联合设计的引进方式。车身厂的阴极车头驾驶室电泳涂漆线，是同英国海登公司联合设计，并在英方指导下自行制造的。不仅使驾驶室油漆质量、涂层寿命达到了国际标准，还节约了大量研发的投资。在联合设计中，还培养和成长了一支油漆涂装队伍，为国内许多汽车厂设计了阴极电泳油漆线。

一汽的开放型自主改造，主要采取了以下几种模式：

一、"几代同堂"。针对大部分设备已经老化的实际，对影响产品质量和水平的关键工序，设法引进或购置高水平的设备；对粗加工或非关键部位则配置中等水平或保留原来的老设备。使同一单位或同一生产线，既有 20 世纪 80 年代的新设备，又有 60 年代甚至四五十年代的留用设备，高中低、多层次水平并存。这次换型改造共新增国内外设备 5700 多台，其中从国外引进的设备只占总数的 5% 左右。

二、"返老还童"。用国内外新技术、新工艺改造老设备，使之重新焕发青春。这次换型改造后，老设备数量仍占设备总数的 2/3 以上，引进设备和增加的国产新设备只是关键的少数。因此，充分利用老设备，并有针对性地对设备适应改造和重新组合，仍是开放型自主改造的一项主要模式。三年中全厂共改造了生产线 81 条、老设备 5000 多台。应用数控、数显等微电子技术改造老设备是这次换型改造的突出成果。发动机厂的设备改造任务最为繁重，被人称为"PC 机大王"的工程师陈燕洲，采用单板机改造缸体生产自动线，他编制的计算机软件，提高了电气控制线路设计速度 20 倍，仅用了两个月时间即完成了半年的工作量，使十条自动线提前完成改造任务。

三、"腾笼换鸟"。改变老企业大而全的生产结构。按照"高起点、大批量、专业化"的原则，尽量把容易制造的零部件扩散出去，腾出生产面积重新调整布置，以集中精力生产一些大的、复杂的、关键的零部件和总成。从 1983 年到 1985 年共扩散零部件 618 种，腾出生产面积 2 万多平方米用于更新换代。

四、"红杏出墙"。变一些零部件厂为面向社会的专业化厂，使产品系列化逐步建立在总成系列的基础上。如散热器厂通过引进国外的散热器制造技术和试验设备，自行设计制造成功了单辊式波浪形成型机，生产出了管带式散热器。产品不仅为新车 CA141 等六种变型车配套，还面向全国，为其他企业提供配件，还接受了美国等国家的批量订货。

开放型自主改造的意义重大，既改变了原技术、装备的落后局面，又将国外先进的技术、资金为我所用，融合吸收，转化为自主和创新。

# 一吨重的大奖章

早在 1983 年 7 月 15 日一汽建厂 30 周年纪念日庆祝会上，中汽公司领导一汽的老厂长饶斌就正式宣布：一汽开始进入产品换型、工厂改造的实施阶段。这个庆祝会，既是一个动员大会，也是一个誓师大会。

一汽换型改造计划用三年左右的时间，在原有的基础上推陈出新，采用先进技术和工艺，提高汽车性能。同时要在不停产、不扩大生产能力，充分利用现有厂房和设备，严格控制新增生产面积的条件下进行。

在实施阶段中，首先碰到的问题，就是在三年换型改造过程中，仍占主导地位并赖以为企业积累资金的 CA141 型第二代新车各大总成，怎样才能实现在不停产、不减产、不减少经济收入的条件下平滑过渡的问题。

一汽换型改造指挥部于 1984 年 6 月 9 日将三年换型转产方案下发至全厂各单位。三年产品换型目标是："不停产、不减产"换型。为此，老厂长饶斌早在 1983 年一汽建厂三十周年庆祝大会前夕，就与换型改造指挥部的负责同志围绕怎样做到换型不减产进行了讨论。最后，他把"不减产"的标准规定为：在三年换型期间的年产量不得低于 60000辆。其依据是：一汽在换型生产的 1982 年实际汽车产量为

60507辆。后来黄兆銮提出"不减产"风险太大，新车价值高于老"解放"，即使产量低些，也可保持产值不降。因此，便把"不减产"改为"不减收"。

在一汽1983年召开建厂30周年庆祝大会期间，部分来自全国各大汽车厂的领导和专家，对一汽提出的边生产边换型和不停产、不减产的换型方案提出了强烈的异议和担心。为此，一汽换型指挥部紧紧围绕换型、转产这一重要的战略环节，随着主、客观条件的变化，先后共编制了三套机动转产方案。

"单轨制"垂直转产方案，可谓我国汽车工业发展史上大型老企业产品换型转产方式的首创，是一次新的尝试。因此，当时中汽公司总经理陈祖涛在一汽建厂30周年大会暨一汽"六五"换型改造工程进入实施阶段的誓师大会上，不无忧虑地说："迄今为止，世界上还没有任何一个汽车厂采取过'单轨制垂直转产'方式，如同一汽这样，要在'不停产、不减产'条件下实现换型，是一个十分了不起的创造。因为苏联斯大林汽车厂的'吉斯'牌汽车在换型期间是大幅度减产，但实现了在没有停产的情况下完成了换型改造任务，因此获得了苏联最高奖赏——列宁勋章，据说有近一吨重。如果一汽能够在这样的条件下，实现产品换型这个大目标，我一定送给你们一个'一吨重的大奖章'。"

　　然而，奇迹出现了。一汽产品换型工厂改造就是在不停工、不停产的情况下圆满地完成的。这一奇迹，得到了国家和社会各界的一致肯定和好评。后来，在一汽一厂区老厂部的门前，矗立起一座纪念碑，碑的正面镌刻着"第一汽车制造厂产品换型工厂改造纪念"的文字，碑的上段镶嵌着一个铝制的换型改造奖章。这个奖章何止一吨重啊？它无疑是一汽人第二次创业丰功伟绩的历史见证，在一汽人心中重于泰山。

第十章

完成『再创业』

虽然一汽在"六五"产品换型上取得重大进展，但全体一汽人在成绩面前并没有止步，他们又再接再厉、苦干实干，一鼓作气全面开启汽车工业的现代化。从此，拉开了"再创业"的大幕——建设第二厂区。

按规划，新建二厂区的第一期工程包括第二铸造厂、车身装备厂和车架厂。预算基建投资 1.9 亿元，土建施工 14.3 万平方米，工程任务相当艰巨。这是全新的现代化建设，是一汽人"再创业"的起步工程。

## 第二厂区开工奠基

1986 年 9 月 1 日，在二厂区举行了隆重的"第一汽车制造厂新厂区第一期工程开工典礼"。省、市和一机部有关领导同一汽职工、参建单位职工怀着喜悦的心情参加典礼仪式。在唢呐、锣鼓和鞭炮声中，一汽劳动模范张振江、姜焕芬揭下奠基石上的红绸。出席典礼仪式的主要领导挥锹为刻有"第一汽车制造厂二厂区奠基"红色大字的基石培土。这一时刻不由得让人回想起 30 多年前一汽诞生奠基的庄严时刻。接着，吉林省领导、一汽厂领导和参建单位负责人先后讲话。随后，土建工程正式拉开序幕。

　　酝酿建设新的厂区，是一汽多年的夙愿。1984 年中央决定扩大企业自主权后，一汽的决策者们认识到，老厂区的有限空间已制约一汽未来的发展，为实现年产 20 万辆目标，建设新厂区成为迫在眉睫的大事。所以就在"解放"牌汽车换型大战尚未结束的情况下，尽管企业自我积累能力还没有恢复过来，资金短缺还严重困扰着一汽，但为了在国际、国内竞争激烈的大格局中争得主动，宁可担风险，负债发展，也要使一汽攀登上同时能生产中型载货车、轻型车、轿车这个综合实力陡坡。因此，厂里一面向国务院申报一汽改造扩建形成 20 万辆生产能力项目建议书，一面积极着手新厂区的选址工作。经论证，建议在一汽的老厂

一汽新厂区建设工地

区西侧开发建设新厂区。这一意向也得到吉林省和长春市党政领导的有力支持。

1985年7月22日，国务院批准了一汽扩建改造项目建议书。二厂区大规模施工的前期准备工作也从1985年底开始。一汽职工和参建单位职工提出"三年建成第一期工程"的口号。至1988年9月，三个厂的土建施工全部竣工。建成后的车身装备厂占地面积139941平方米，建筑面积36926平方米，安装设备194台（套）。第二铸造厂占地面积473000平方米，建筑面积79693平方米，设备1028台（套），有三条生产线。建筑面积8万平方米的车架厂，随着后来15万辆轿车工程的开展，转化成为一汽大众合资企业的重要厂区。

随着形势的发展，在二厂区启动一期工程后，诸多续建工程也相继开工。1987年5月开工至1989年5月建成了第二发动机厂。这期间还先后建起了第二轿车厂等一批新型工厂。1991年8月，国务院批准一汽大众15万辆轿车工程开工报告，于是一个更大规模的建设工程在二厂区全面展开。中德合资的一汽大众公司兴建在二厂区东部，占地116万平方米，工程更为浩大。

建成后的二厂区共有工业建筑面积737838平方米；道路12.9千米；铁路12.87千米；围墙7500延米；铺设电缆

和架线 60470 米；铺设各种管道 76 千米。二厂区的建设及老厂部分改造工程给一汽带来的变化是多方面的，实现了多品种车型同时发展的理想，更为一汽长远发展打下了坚实基础。

一汽红旗创新大厦

## 高技术的"四项引进"

20 世纪 80 年代末至 90 年代初，一汽先后从美国克莱斯勒公司引进了轻型发动机制造技术和设备，从德国大众公司卡塞尔厂引进了 016 传动器加工生产线，从德国大众公司美国威斯摩兰厂引进了焊装线，从德国皮尔堡公司引进了 2E3 化油器加工生产线。这四个设备的引进，就是被人们称为再创业时期的"四项引进"。

"四项引进"是在资金匮乏、轻轿技术掌握不多、企业缺乏引进自主权的困难情况下进行的。一汽人发扬不怕困难的创业精神，在拆运、安装、调试中，吃苦耐劳，刻苦攻关，他们以实际行动为加快一汽轻型车、轿车基地的建设做出了重要贡献。

1987 年 7 月 21 日，一汽与美国克莱斯勒公司达成引进轻型发动机生产技术和制造设备的合同，在北京人民大会堂举行签字仪式。耿昭杰厂长和卢茨副总裁代表双方正式签字。一汽引进的轻型发动机动力性好，油耗低，经济性好，适于轿车、轻型卡车、面包车使用。制造设备包括年生产能力 30 万台的缸体加工 22 套 85 台设备、缸盖加工 13 套 95 台设备的完整生产线，连杆加工关键 6 套 22 台设备，油水泵加工 7 套 15 台设备。

1988 年 5 月，一汽与德国大众公司签约，以技术转让方式引进奥迪 100C3 的整车技术（发动机除外）。奥迪 100C3 轿车匹配的是 012 传动器，产品选型应选 012。但专家在考察后发现 012 的制造技术难度比预想的要大得多，原估算的投资远远不够。比较分析后，一汽认为 016 传动器在我国生产和使用条件下比较可靠；利用二手设备可节省大量投资；可少走弯路,缩短生产准备周期。1991 年 1 月,一汽签约购买 016 传动器机械加工和装配试验设备 96 台。

奥迪生产线

1989 年 2 月 22 日,一汽与德国大众公司在德国狼堡签署购买大众公司在美国威斯摩兰工厂的技术贸易协议,引进威斯摩兰焊装线,用于 15 万辆轿车生产,可提高焊接工艺水平,使一汽的轿车生产水平提高一大步,接近 20 世纪 80 年代的国际水平。威斯摩兰焊装线运回一汽后,在一汽领导和各部门的支持下,一批安装人员进入一汽大众有限公司,把原生产两厢式高尔夫车身焊装线改造成生产三厢式捷达车身的焊装线，当时其工艺水平在国内外处于领先地位。1995年，实现了捷达车身的国产化。

一汽引进美国克莱斯勒发动机后，原决定由化油器厂开发一种适用于488发动机的化油器，但因当时条件不具备而转向技术引进。1990年10月20日，经过艰苦谈判，一汽用1010万马克，相当于起始报价的40%、资产原值12.7%的价格购买了2E3化油器生产线。1992年1月20日，设备主体正式开始拆卸。1992年6月28日，开始设备安装调试。1993年4月1日，第一只2E3化油器正式在引进的生产线上生产出来。

新厂的四项技术引进，使一汽又一次脱胎换骨，无论是厂区面积，还是生产能力、技术水平、人员素质都有了质的提升，奠定了"再创业"的根基。

## 五年的质量总体战

1987年1月1日，一汽人自主开发的新型载货车CA141正式投产。新车型赢得了全国人民的赞扬。由于市场的变化和技术的不断发展，暴露出一些产品质量问题，反映越来越多，销量逐月下滑。一汽人敏锐地意识到了，并立即掀起了一场质量总体战。

1987年6月25日，总厂抽调了专业厂厂长、高级工程师、技术干部和技术工人，组成6大区技术服务队，分赴全国20多个省、市、自治区调查用户并进行技术服务；1988年2月17日，利用春节假日，由7位副厂长分别组成7个小组，走访东北地区用户。这次春节行动感动了调查用户，用户们认为一汽领导春节期间都在走访，是下定决心要快速解决质量问题。1988年2月、6月又分别组建了30个小分队，分赴全国各地为用户免费登门服务，调研实际问题，了解用户需求，用户对一汽更加信任。

其间，一汽重点抓了以下四方面工作：一是采取"五项措施"开展质量攻关。将CA141活塞的第一道压力环材料由铌合金铸铁改为球铁环，以解决断环问题；将活塞三道环改为四道环提高活塞组与气缸壁的密闭性，以解决下排气问题；改进油环弹力，使其既不会使气缸壁油膜破坏，又不会出现烧润滑油现象，以减少缸孔早期磨损和拉缸现象；提高空气滤清器质量及其密封性，以解决发动机早期磨损和拉缸问题；改进曲轴箱通风装置，以保证曲轴箱内有害气体通畅地进入燃烧室和新鲜空气进入曲轴箱。二是推广群众性创造的质量管理活动"四大法宝"。"三自一控"的"三自"指"自检""自分""自记"，即生产工人自己检查本工序的制造质量，自己区分出合格品和不合格品，并将检测结果自己记录；"一控"是控制不合格产品不外流。三是坚持推行提高汽车可靠性的"三大支柱"，即"质量改进""奥迪特评审""整车可靠性试验"。四是花大力气提高协作产品质量。首先把试验中发生的三类以上故障项目列入全厂质量改进计划，及时通知有关协作厂家，并要求限期解决。此外，还经常派专家深入协作厂家进行调研，协助他们研究解决问题，并进行考核，建立起质量风险抵押金制度。

质量总体战迅速提高了 CA141 车等车型的产品质量，到 1989 年下半年，随着"五项措施"投产到整车和其他大量质量问题的解决，大量试验数据和部分用户反映都说明 CA141 已成为当时国内最好的载重汽车。1991 年，CA141 创造了我国国优汽车第一名。

质量总体战从 1987 年开始，到 1991 年创上国优，整整用了艰辛的五年时间，这个举动又一次打破了国际惯例。质量总体战不仅使一汽人摆脱了困境，更重要的是锻炼了队伍，使一汽人更加焕发了青春，充满了活力。同时反映了一汽人乘风破浪、意气风发的巨大精神力量。五年的质量总体战，使"共和国长子"再创新的辉煌。

## 从"奥迪"到"小红旗"

在中国的汽车业，有一个不争的事实：一汽是祖国民族轿车的基地。几十年来，作为党和国家领导人乘坐的"红旗"高级轿车一直是一汽人的骄傲。但由于种种条件的限制，其无法大批量生产，满足不了社会日益发展的需要。1988 年 5 月，国家批准了一汽先导工程可行性研究报告，同意引进奥迪 100 为轿车先导厂的主要车型，年产 3 万辆。为了全面吸收德国技术造"奥迪"，一汽成立了第二轿车厂，为日后尽快实现轿车国产化，进而发展以"明仕""世纪星"为主的国产"小红旗"奠定基础。

"红旗"明仕

"多出口，挡住进口"是二轿厂确定的生产目标。从
1993 年开始，按照精益生产的管理办法全面组织产量爬坡，
展开了全面扩大生产。进入 1994 年后，在汽车市场疲软的
情况下，为全方位满足用户需要，一汽以市场为中心，千
方百计组织"混流"生产，最大限度满足生产多元化需求，
创造了良好的经济效益。随着生产不断深入，不断进行技
术改造和工艺改进，为产量和质量的提高创造了良好条件。
通过对薄弱环节进行改造，逐步建立了现代化轿车流水生
产线，满足了国内日益增长的对中高档轿车的需求，实现
了"挡住进口"的目标。

二轿厂结合实际，逐渐摸索出一套行之有效的质量管理
办法，推行了"质量三控"制度，即操作者自控，上下工序
之间、工段和车间之间、厂与外协厂之间的质量联控，检验
员的专控，制定了以奥迪特评审结果为依据的综合质量等级
评审办法。在贯彻 ISO9000 国际认证标准工作的过程中，先
后制定了一系列规程性文件，为奥迪轿车进一步占领市场走
向世界奠定了坚实的基础。

轿车零部件国产化是发展民族轿车工业的必由之路。
1993 年，二轿厂承担了白车身国产化工作，实现白车身外
部 11 个大总成和白车身下部 10 个大总成的国产化。1994 年，
二轿厂又承担了 44.51％ 的国产化零件搭接生产及国产化率

62% 的调试、试装任务，实现白车身 9 大总成和车身下部全部实现国产化及 198 种冲压件的总成焊制工作。1995 年，二轿厂积极投入"小红旗"80% 国产化准备工作中，成功组织了 193 种 62% 国产化件的搭接生产。

"小红旗"轿车投放市场后，受到广大用户的青睐，在社会上特别是在 1996 年北京"两会"期间，引起强烈反响。二轿厂不失时机地在全厂开展了以质量升级为主要内容的"红旗工程"战役。

1990 年 11 月 20 日，一汽时任厂长耿昭杰与德国大众集团董事长哈恩博士，分别代表一汽与大众就年产 15 万辆轿车的合资项目在北京人民大会堂正式签约。1991 年 2 月 6 日，国家工商行政管理局向一汽大众公司颁发营业执照，标志着一汽大众汽车有限公司正式成立。1992 年 7 月 1 日，公司临时总装配线建成投产，第一辆 SKD 组装的捷达轿车下线。1996 年 7 月 10 日，15 万辆轿车工程中投资最大、技术含量最高的发动机车间全面建成投产，标志着一汽大众公司已全面建成。

德国大众汽车公司是一个高度专业化、大批量生产轿车的企业集团。该公司当时生产的捷达、高尔夫轿车世界闻名，深受欢迎。德国大众公司按发动机排量和车身长度把轿车分为 6 个档次。A 级车的市场在国外约占总量的

第一辆合资捷达下线

39%~42%，是处于黄金档次的普及型轿车，一汽选择的"捷达""高尔夫"就属于这个档次，其年销量曾 14 次在德国、6 次在欧洲位居第一；在国内，这 6 种产品的市场占有率属 A 级车的比重最高。

当时，中国的轿车工业方兴未艾，在轿车基地建设上，谁能抢先一步，谁就能在未来的竞争中赢得主动。更何况在国家计划中二汽的轿车项目也是重点，形势对他们很有利。为了抢时间、争进度，一汽在科研工作中采取了国内外两条线并进的方式：一面率团出国谈判；一面在家组织搞方案，向国家汇报，加快审批速度。德国大众公司高层领导对与一汽的合作尤为重视，准备工作很充分，意向也很积极。

建成的一汽大众的总投资为 111.3 亿元，注册资本 37.2 亿元，其中一汽占 60% 的股份，大众公司占 40% 的股份。公司占地面积 116 万平方米，建筑面积 43 万平方米，公司含两个生产厂——轿车厂及发动机传动器厂、12 个部以及 3 个直属科。第一期工程的设计能力为年产 15 万辆轿车，27 万台发动机，18 万台变速箱。公司达产后员工总数为 5700 人。一汽大众公司采用现代化的先进技术装备生产轿车，由冲压、焊装、油漆、总装、维修五大车间组成。在领导体制上，实行董事会领导下的经营管理委员会负责制，董事会是最高权力机构；经营管理委员会是公司日常工作的领导机构；在劳动工资方面实行劳动合同制，奖金与产量、质量及效益挂钩；在生产系统中实行精益生产方式，推行"QQMK"班组管理；在质量管理中采用德国大众公司的"奥迪特质量评审方法"；为提高工作效率，公司还将具有国际水平的 R3 计算机管理系统应用到财务管理、财务控制、采购供应、物流仓储等各项工作中。自此，一汽小汽车生产进入国际化、现代化轨道。

# "两个全心全意"的方针

1990 年 11 月 20 日，一汽与德国大众汽车公司正式签订合资建设年产 15 万辆轿车的协议，这时摆在一汽面前的任务就是如何高质量、高速度、少投资地建成一汽大众公司。一汽提出了"两个全心全意"的建设方针。方针中指出，加快轿车十五万辆基地的建设步伐，是合资企业中外员工与一汽全体职工的共同利益，它不仅关系到合资企业的生存发展，还关系到一汽的根本利益；合资公司要利用优势，在自己加倍努力的同时，全心全意依靠一汽，把这个特有的优势用好，力争走在国内其他轿车企业的前面；一汽也要把办好合资公司、加快工程建设进度作为重点，全心全意支持合资公司参与国内外的激烈竞争。必须把 15 万辆轿车工程作为自己的事业，积极主动地支持好、建设好。

其实，在早些时期，一汽有关部门就开始投入提供支持与服务当中。一汽于 1991 年 3 月 5 日成立了合资工作办公室，并授权统一指挥和协调。本着少而精的原则，抽调了一批具有研发、基建、生产准备、财务、零部件配套、运输、销售等方面专业知识和组织能力的领导与技术干部开展工作。在合资办公室统一部署下，一汽各有关部门做了大量深入细致的工作，为一汽大众公司的顺利建成做出了重大贡献，起到了决定性作用。

一汽大众公司在实际工作中更是不折不扣地贯彻执行"两个全心全意"的方针，充分利用一汽的优势，全心全意依靠一汽，双方配合默契，合作融洽。正是由于双方的共同努力，"两个全心全意"才得到了全面落实，出现了令人满意的双赢局面，使一汽大众公司如期、保质、圆满建成运营。

一汽大众公司的建成，不仅使一汽圆了多年来大厂干小车的轿车梦，还使一汽成为国内主要的轿车生产企业之一，而且大幅度地提高了一汽的综合实力、技术水平及下一步的发展潜能，缩短了与世界先进汽车工业的差距。在工厂设计、工程施工、人员素质与教育、零部件技术水平、设备与工装制造、质量控制、企业管理、采购与营销运行系统方面，都吸取了国外先进经验和新知识，向现代化汽车企业迈进了一大步。

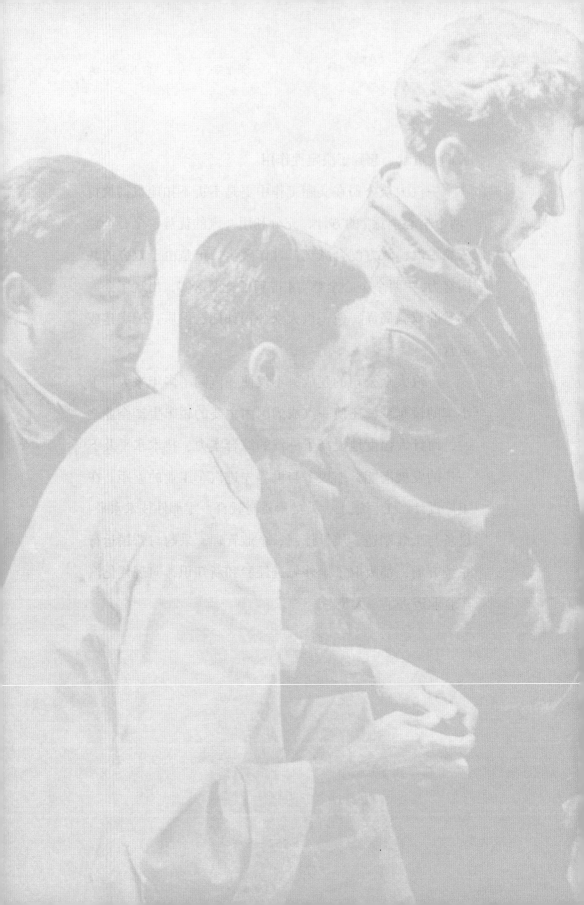

# 第十一章

集团化现代化建设与改革

1991 年 12 月 14 日，国务院批转国家计委、国家体改委和国务院生产办公室《关于选择一批大型企业集团进行试点请示的通知》，决定选择一批大型企业集团进行试点。一汽集团经过十年的横向经济联合，无论是在横向联合的规模上、经营管理上还是母子公司的体制上，均符合企业集团试点条件，因此，被列为首批 57 家企业集团试点单位之一，在试点名单中名列榜首。

## 大型汽车企业集团的形成

通过企业集团试点工作，一汽主要解决了以下四个问题。

一是确定了一汽集团及其核心企业的名称。试点工作之前，一汽集团公司的名称是"解放汽车工业企业联营公司"。由于"联营"一词给人以松散的感觉，而它的核心企业——第一汽车制造厂的内部也已经从工厂化结构开始向公司化结构转变，在客观上起到了母公司的核心作用。在制定集团公司章程的过程中，时任总经理耿昭杰明确提出企业名称为"中国第一汽车集团公司"。1992 年 6 月 24 日，国务院生产办公室正式函复，同意"解放汽车工业企业联营公司"更名为"第一汽车集团公司"。1992 年 7 月 15 日，中国第一汽车集团公司正式成立。

二是明确了集团公司与其成员单位之间的资产纽带关系。尤其是 1993 年 7 月 13 日，国家国有资产管理局下发国资企函发〔1993〕74 号文件，正式授权一汽集团公司统一经营一汽集团的国有资产。除一汽公司本部的全部资产外，还包括所有全资子公司、控股子公司、参股子公司的国有资产。文件明确规定一汽集团公司与各成员企业可以通过规范的资产联结纽带，建立包括全资子公司、控股子公司和参股公司等形成的母子公司关系，在集团形成大型控股公司控制下的多层次、多元化结构。

三是建立了试点企业集团的行政领导班子。一汽集团公司成立后，厂与公司两套领导班子成员合并。一汽的董事长由一汽集团公司的总经理兼任，副董事长分别由核心企业的党委书记和常务副总经理兼任。原"解放"联营公司部分副经理和一汽副厂长进入一汽集团公司任副总经理，已接近或到退休年龄的其他副经理和副厂长被委任为常务董事，协助工作，不再进入领导班子。这种领导班子分工体制的调整得到了中组部和人事部有关部门的认可。

四是实行了法人经理结构和机构改革。一汽集团公司根据国务院文件要求，制定了《一汽深化企业集团试点方案》，实行了现代企业制度，完善了法人治理结构，明确了董事会、监事会和行政领导的职责和权力。一汽集团公司的组织体制是三个层次和三个中心的模式，即集团公司本部是决策层，是投资决策中心；各分公司是经营层，是经营利润中心；各直属专业厂是生产执行层，是生产、质量、成本中心。集团公司对下属全资子公司、控股子公司成立监事会，派遣监事，实施财政监督。一汽还对原一汽本部的各专业厂和管理机构，按照"精干主体、剥离辅助"精神，做了较大规模的公司化体制的改组。

一汽的企业集团试点工作经历了十年的改革，到20世纪末，基本达到了国家规定的目标和要求，建成了一个跨地区、跨行业、跨所有制、全方位的，具有科研、开发、生产、销售、金融、外经外贸等多种功能，集中、重、轿、轻、客、微六大系列产品于一身的特大型汽车企业集团。2004年汽车产销量实现100万辆，经济效益显著，企业集团实力增强，继续向现代企业迈进。

## 兼并重组做大做强

1991年开展的企业集团试点和1993年国家国有资产

管理局给予一汽的国有资产的授权管理，明确了一汽与各成员单位之间规范化的资产联结纽带关系。在这一改革政策的推动下，曾在一汽掀起了一股企业兼并和资产联合的热潮。到 1995 年以后，兼并重组工作处于稳定、推进阶段。先后有 34 家企业通过资产无偿划转、有偿转让、收购股票、合资经营等多种方式进入一汽，分别重组成为一汽集团的全资子公司、控股子公司、分公司或成本中心，还有 18 家企事业单位成为一汽集团的参股公司。

在兼并联合之前，一汽已经同一批集团成员实行了紧密联合。譬如，1986 年 5 月 15 日，在吉林省和长春、吉林两市政府的支持下，达成了同"吉、长四厂"紧密联合的协议；同年 8 月 27 日，大连市政府批准大连柴油机厂同一汽实行紧密联合；1987 年 4 月 15 日，辽阳市政府批准辽宁省辽阳弹簧厂同一汽紧密联合。实行紧密联合的企业冠以"第一汽车制造厂"的名称，在国家计划中单列，实行"六统一"管理。但是由于财税渠道仍在地方，资产关系还是松散的，无法做到企业集团内部的资产重组，优势互补；也不可能谋求在总体利益基础上的共同发展。开展企业集团的试点和国有资产授权管理后，企业兼并、资产重组工作就有了依据，进展比较顺利。兼并重组有以下几种方式。

中央直属企业资产划拨。1979 年 9 月 21 日，长春汽车研究所与一汽设计处合并；1986 年 12 月，无锡汽车厂与哈尔滨齿轮厂划归"解放"汽车工业企业联营公司等。这些企业单位的资产都通过财政部直接划拨。

地方企业的有偿转让和无偿转让。1990 年 7 月，一汽与吉林省机械厅以承担债务方式兼并东北齿轮厂<sup>①</sup>达成协议；1991 年 3 月 1 日，一汽同长春市政府签订有偿兼并三厂（长春轻型车厂、长春发动机厂、长春齿轮厂）协议书等。

收买股票实行控股。1995 年 2 月 8 日，一汽与金杯公司的持股单位——沈阳资产经营公司签署了股份转让协议，使一汽取得控股地位；2002 年 6 月 14 日，一汽与天津汽车集团联合重组达成协议，一汽取得控股权，退出兼并主体。在兼并沈阳金杯股票的过程中，收购后发现该厂有极大的潜亏，债台高筑，资金短缺，产品老化，经营困难，一汽决定从 2001 年用出让股票的办法，退出控股权。

股权转让或退股。新疆专用汽车厂是一汽占有 18% 股权的参股企业；2000 年 4 月，被新疆广汇有限公司兼并，一汽保留 5% 的股权。

规范破产。成都汽车厂自兼并进一汽后，连年亏损，资不抵债，集团公司决定让其破产，并由青岛汽车厂收购

---

① 原一汽专用车厂，现为一汽"解放"智慧汽车系统公司。

其可利用的厂房设备，作为西部地区中重型车的组装基地。

## 中重型载货车的结构调整

如果说一汽第二次创业是"求生"，那么第三次创业即"发展"。时任一汽厂长的耿昭杰不止一次地讲过，一汽的第三次创业，就是要实现三个转变：一是产品实现由单一品种向多品种转变；二是市场实现由国内单一市场向国内、国外两个市场转变；三是资本实现由单一的资本——工厂体制向多元化资本——集团体制转变。

上马平头载货车。载货车的平头化，是当今重卡汽车的发展趋势，是载货汽车结构技术参数与先进制造技术的标志，甚至是国力的象征。平头汽车具有视野广阔、驾驶方便、承载系数高等诸多优势，已成为汽车用户追逐的焦点。在上平头车之前，一汽根据中汽公司"六五"产品发展规划的要求，决定开发 CA142 型（即后来的 CA151 型）6吨载货汽车。经过生产准备和多轮试验，于 1993 年 7 月 14日投产。随着汽车市场的发展，一汽于 1982 年开始设计 CA150P 6 吨平头载货汽车。1984 年，我国利用技贸结合的方式，与日本三菱汽车公司签订购买一万辆三菱重型汽车、引进三菱平头 FK 驾驶室技术的合同，以市场换技术。这次技术引进，不仅引进了 FK 驾驶室产品，还培训了一大批人员，提高了车身的设计、制造技术。

开发中重型柴油机。一汽对 CA6110 系列柴油机进行了升级换代。在寻求国际合作方面，组成由汽研所、发动机厂、规划处、外经处等单位参加的柴油机考察团、谈判团，到日本、德国等地进行考察和商务谈判，最终选择与"奔驰"进行全面合作。在自主研发方面，大连柴油机厂与三菱公司合作，无锡柴油机厂与 AVL 合作，使 CA6110 系列发动机得到了很大的提升，CA6110 系列柴油机正式投产。另外，为满足轻型车的柴油化，汽车研究所开发了 CA498 系列柴油机；为满足中型客车发动机燃烧天然气的要求，对 CA6102 型汽油机进行了改造。有了 CA6110 系列柴油机的自我升级换代，保证了中重型载货车系列产品的调整；有了 CA498 柴油机的投产，实现了一汽轻型车系列的柴油化；有了 CA6102 型汽油机的改造成功，才有了一汽的燃气客车。

一汽发展重型载货汽车，当时有三种方案。一是利用现有的中型载货车资源，通过改进挖潜，把载重量提起来，爬升到重型载货车；二是利用社会上已有的成熟资源，加上一汽已有的资源，经过整合，制造出重型载货车；三是重新设计，对工厂进行技术改造，生产出真正的重型载货车系列。经综合考量，最终选择了第二种途径，并尽快将新重型载货汽车系列投放市场。1993年7月，CA142中型载重汽车下线，到1999年，一汽重型车的国内市场份额从26%上升到46%，全国销量第一，增长率第一，市场占有率第一。

到"九五"末期，一汽的中重型产品系列已覆盖各个方面。应用这些载货车的基础总成开发出了由低档城市客车到中高档大型旅游客车的专用底盘。载货汽车车身形式也形成了长、平头并举的局面。一汽的中重型产品结构调整取得了较好的阶段性成果，一汽载货汽车的产品格局基本形成，为以后的产品系列发展奠定了坚实的基础。

## 实业总公司的由来

1994年4月21日，一汽正式行文决定，将企业所属6个服务性处室：房产管理处、卫生处（职工医院、计划生育办公室）、厂区管理处、生活服务管理处、电信处、子弟教育处，从公司母体中剥离出来，成立了一汽实业总公司。对外独立经营，成为具有法人执照的全资子公司，对内使用社会事业管理部名称，行使管理职能，解决后勤保障，解除后顾之忧。

实业总公司的成立，是一汽深化改革、解决企业办社会服务事业问题迈出的第一步。

一汽办社会事业，是计划经济的产物。这些服务部门或单位的职工，为一汽的汽车生产和职工生活创造了安定、团结的良好环境，为不断改善和提高职工的生活质量、解决职工后顾之忧，为积极培养一汽的后继人才做出了很大贡献。但是，由于是非营利性质的部门，各单位所办的"知青工厂"等企业中，有许多是依赖主办厂物资和资金的资助维持的，因而也给一汽带来了沉重的经济负担。

解决企业办社会服务事业的问题，涉及职工的生活福利水平和社会服务人员的就业、待遇等一系列难点。20世纪60年代，周恩来总理在视察一汽时就曾明确指示，把一汽生活福利部门交给长春市地方政府管理。这些部门都是依靠一汽管理费用的福利费用维持的，不但没有交出去，还像滚雪球一样负重越来越大。实行市场经济体制改革后，《中华人民共和国企业法》对"政企职责分开"做出了明确规定，但仍受到各方面因素的制约。成立一汽实业总公司，就是解决企业办社会服务事业问题所进行的一次积极探索。同时进行的还有厂办大学体制和集体企业管理体制的改革。实业总公司的成立，为安置富余分流人员，保证三项制度改革的顺利进行创造了条件。

长期以来，企业办社会、包袱沉重的问题一直困扰着我国国有企业，成为制约其公平参与市场竞争的重要因素。主要是"三供一业"和剥离医院、学校。"三供一业"指的是国有企业职工家属区供水、供电、供热（供气）及物业管理，其分离移交是剥离国有企业办社会职能的重要内容。除此之外，国有企业承担着的社会职能还包括办医院、办学校等负担。可以说，推进企业剥离办社会职能领域的改革，是全面深化国企改革的重要任务，也是提升公共管理服务水平、实现基本公共服务均等化的重大民生工程。

2001年7月1日，一汽决定，将社会事业管理部从实业总公司中分离出来，实行管干分开。从此，实业总公司完全改制成为独立核算、自主经营、自负盈亏、自我约束、自我发展的经济实体。实业总公司的总资产17亿多元，下属企业78家，员工8260人。年创利润从500万元增长到6350万元。能为"红旗""奥迪""捷达""解放"等车型配套生产600种零部件和总成；拥有能生产9吨柴油车等3种系列产品、40多个品种的重型车和改装车生产基地；拥有18万平方米的仓储、物流集散基地，以及700多台专业运输车辆的商品车、汽车发运队伍；拥有可供8万人就餐的餐饮中心、大型仓库和超市等商贸服务基地；具备年开发 20 万平方米商品房的房地产公司。除此之外，还能提供旅游、宾馆、物业管理、绿化工程、建筑装潢、市政维修等多种服务项目。

在天津等地的外埠一汽企业也成立了社会事业部，有序、有效地进行主辅分离。一汽社会事业部、一汽实业总公司在剥离企业办社会职能、分离移交社会职能上，起到了承前启后、继往开来的作用，使一汽这个老牌中央企业紧跟时代潮流、放下包袱、轻装上阵。

2005 年 12 月 5 日，中国一汽集团公司与吉林省签署企业分离办社会职能移交协议。此次签署的具体移交协议内容是：一汽将所办全日制中小学 20 所，其中长春市 18 所、吉林市 2 所，长春市公安机构 1 个，一次性与一汽分离，按属地原则成建制分别移交辖区内长春市政府和吉林市政府管理；移交资产按照"移交资产无偿划转"的原则，一汽将在省政府所属辖区内的资产经逐项清理核实后，一次性划转给长春市政府和吉林市政府管理；补助经费移交以财政部审核确定的经费补助基数为依据，在 2005 年至 2007 年过渡期内由中央财政和一汽承担，从 2008 年起由中央财政全额承担。过渡期内一汽每年承担基数的 40%，具体承担办法按长春市政府、吉林市政府与一汽签署的移交协议办理；一汽在职教师、离退休教师（包括吉林市）和公安干警共计 3188 人，分别移交到长春市政府、吉林市政府管理；移交时间在协议签署后，由双方正式向财政部、国资委上报财政补助基数及资产划转申请报告，在得到正式批复后的 15 个工作日内完成所有移交工作；移交机构及其职工按照地方政府规定建立的基本养老保险等，按国家和地方政府的有关文件规定办理。

伴随着企业分离办社会职能工作的开展，一汽所属的学校和公安部门将划转到政府序列，并认真落实国家有关精神，不断深化改革，建立起市场化的运作机制，积极培育和完善社会职能在市场经济条件下的生存和发展能力。

一汽总医院是一家大型综合性医院，曾经为一汽市场经营保驾护航，为保障一汽职工和家属的健康做出了积极贡献。尤其对一汽的医疗、预防、保健工作及职业病防治积累了丰富的经验。根据医院体制改革和国有企业改革，已经变更为以子公司模式自我经营、自我发展、独立核算，逐步走向市场化的道路。

一汽集团家属区是全市供热覆盖面积最大、集中供热历史最久、供热管网及设备"服役期"最长的供热区域，根据中央、省、市关于加快剥离企业办社会职能和解决历史遗留问题等文件精神，此次接收一汽集团职工家属区冬季供暖业务的是由大唐吉林发电公司与长热集团新组建的大唐长热吉林热力有限公司，全面解决了一汽长期供暖和生产矛盾的老大难问题。

推进社会职能移交并实行专业化、市场化管理，既是国有企业提高市场核心竞争力、良性健康发展的需要，也是实现人民群众逐步提高生活品质、满足对美好生活的需要。

## 跨世纪人才工程的启动

为建立适应社会主义市场经济体制的人才队伍，一汽集团公司积极大胆探索对各类干部人才培养、管理的新方法和新机制，不断优化干部人才队伍结构，为企业发展壮大奠定了基础。

一汽是新中国第一批企业，由于过去计划经济和时代的更迭，企业人员呈现老化趋势，一些技术骨干也显得后继乏人。面对这种情况，从长远发展的战略高度出发，从20世纪90年代初一汽就着手制定"九五"人才工程规划，制定了专业技术职务考评办法、专业干部管理办法等，加强人才培养。

"801"人才工程是一汽一次成功的人才使用策略，有

64 位 20 世纪 80 年代毕业的大学生走上领导岗位，使每个专业厂、处室领导班子中陆续有本科大学毕业生担任领导职务，实现了干部队伍年轻化。2000 年，一汽新领导班子调整结束后，又进一步修订人才工程规划，吸收国际先进的人才资源培养开发经验，进一步启动了"901"人才工程，陆续与国内的东北财经大学、大连理工大学，美国常春藤大学，荷兰国际工商管理学院联合办学，对拔尖人才进行培养、培训。通过学习和实践，造就了一批优秀的专业人才，构建了一支面向 21 世纪的高级经理人才队伍。到 2001 年末，全集团公司已有 300 多名年轻干部奋战在生产、经营、管理的领导岗位上。不少担任集团公司下属各单位的"领军"人物，多数是从"两个工程"中成长起来的。

一汽在选聘各单位的主要负责人时坚持"三不唯"的原则，即"重视学历，不唯学历；重视年龄，不唯年龄；重视资历，不唯资历"。只要德才兼备，能够领军开创工作新局面，无论是年龄偏大一些，还是学历偏低一些，都破例使用、重用。

一汽在以竞争为主要特征的市场经济条件下，为适应新形势对人才的需要，大胆改革选拔人才的机制，提高透明度，引入竞争机制，用科学的方法、科学的管理，创造了一个完全公平竞争的空间，给每一个想干事、能干事的人以施展才华的机会，转变干部能上不能下、"铁交椅"坐终身的陈旧观念。在"公开、平等、竞争、择优"的原则指导下，真正做到了"能者上，庸者让，劣者汰"，给干事人以广阔的舞台和空间。从2000年开始，一汽还开展了非领导高层次人才评聘工作，人们称其为"绿区"，即为那些不担任行政领导职务的技术人员、管理人员、操作人员中的高层次人才搭建学习钻研业务、发挥专业特长的平台，从而享受较高待遇而开辟的一条绿色通道，以鼓励他们干事创业。

一汽市场化的用人机制激活了人才队伍，也激发了全体员工学知识、练技能、投身技术创新的热情。许多职工把业余时间都用在学外语、学电脑、学业务知识上，争当岗位知识工人，"为今天的工作努力干好八小时，为明天的成就刻苦学习两小时"的学习活动在一汽蓬勃开展，在车间、班组的群众性技术改造热潮也一浪接着一浪。人聚厂兴，厂兴人旺，企业的凝聚力、战斗力越来越强。

# 第十二章

让『红旗』在市场上空飘扬

20 世纪八九十年代，一汽人在社会主义市场经济大潮中"深进去"做调研、"跳出来"提建议。一汽人"眼睛盯着用户转，全厂围着市场干""十万职工抓效益，四轮驱动闯难关""拉开一汽大幕向外看"。进入 21 世纪，社会主义市场经济浪潮已成为推动一汽破浪前行的强大动力。体制机制的革新，思维方式的更新，管理方式的创新……他们为适应内外部环境变化和要求，持续进行内部体制机制改革和结构调整。合资合作、公司制改造，顺利实现了由计划经济时期工厂体制到以现代企业制度为特征的公司化体制的转轨。主业重组和股份制改造，让中国一汽主业完成了产权结构由单一国有独资到多元投资主体的转变。

## 直面日益加剧的市场竞争

2003 年，是一汽轿车成果丰硕的一年，在"非典"疫情影响及竞争环境加剧的市场环境下，轿车人众志成城、突出重围，"红旗"和"马自达"品牌共销售 51266 辆，其中"红旗" 27018 辆，"马自达" 24248 辆，销售创下新纪录。一汽轿车成为 2003 年中国汽车市场当之无愧的焦点。

"新红旗"装配车间

2004 年被许多业内人士称为中国汽车的"调整年"，一些直接指导中国车市发展的政策，如产业政策、消费政策相继出台。由于中国车市连续两年高速增长，无论是生产商、经销商还是消费者，都对 2004 年寄予了更多热望和期许。然而，随着新车型的不断涌现，价格不但持续走低，中国车市的"火药味"也更加浓烈。据统计，2004 年各大厂商推出新车达 50 多款，竞争程度可见一斑。

政府继续实行积极的财政政策，国内生产总值（GDP）发展速度保持在 8% 左右。购买力持续增强，总体经济形势向好。轿车市场继续快速增长，虽然不像 2003 年那样"井喷式"增长，却也保持了平稳增长的态势。轿车市场产销增长幅度保持在 30% 左右，总量达到 250 万 ~ 280 万辆。供大于求导致竞争更加激烈，同时导致产能放空，价格持续下降。随着汽车消费政策的出台，进一步刺激私人轿车的消费。但消费贷款的限制，对轿车销售产生了一定的消极影响。汽车召回政策的实施，对服务需求较高的轿车市场形成一定的压力，服务营销将面临新的课题。

一汽轿车新基地的搬迁工作全面展开，这是一个系统工作，对资源调配、物流仓储、终端销售产生许多不可预见的影响。"红旗"品牌的产品平台仍没有根本性改变，只能通过提升体系的整体策划能力、运控能力，以提高营销质量来拉动销售指标的完成。同时，又要面向未来"红旗"品牌的 C301 工程，需要加快网络整合的步伐。

内外部经营环境虽然总体向好，但市场竞争进一步加剧，尤其"红旗"面临的市场竞争形势更加严峻，激烈的竞争必然对体系能力及售后质量的要求日益增高。

市场经济也讲计划。计划是推动工作有目标、有策划、有控制进行的根本保障。一汽轿车通过与世界先进国家著名汽车生产企业广泛而富有深度的合作，紧跟世界汽车产业领先科技，回归了高端产品平台，特别是汽车零部件逐步国产化流程的建立，更使"红旗"的生产能力得到大幅提高，公司迈入加速发展的快车道。

2005 年，一汽在上海国际车展上同时推出了"红旗" HQ3 高级轿车和"红旗" HQE 概念车，一时之间引起社会轰动。时隔一年，"奔腾"诞生，再次引爆市场！在一汽的宏伟蓝图中，让世人看到 HQ3、HQE、C601、C302、A501、A130 已经列队起航！一汽轿车在"十一五"末期，产销量要突破 35 万辆规模。"红旗"轿车在延续品牌精神的同时，也把握住了时代的脉搏，成为民族自主品牌的领航员。"红旗"正代表着新时代的自主高端形象，昂首迈向世界的宽阔舞台。

2006 年，一汽再次尝试，利用新合资伙伴丰田的 Majesta 平台，生产高端轿车"红旗" HQ3。然而过高的定价，导致该款车型上市不久就基本停产了。这一年，一汽"红旗"面临着极大的挑战和压力，一汽人继续奋勇拼搏，顽强抗争。

"风掣红旗冻不翻"，一汽人坚守"红旗"品牌不放，承受着来自不同方面的压力，在市场经济大潮和跨国公司强势品牌的冲击下艰难挺进，潜心研制出几十种不同排量、不同型号的高级轿车，抵御了市场风浪的侵袭，表现出了不服输的抗争精神；从 2007 年至今，一汽"红旗"复兴计划的进展和实施，表现了一汽人务实、科学的创新态度及追赶时代进步的自强精神。

一汽轿车股份有限公司成立以来，围绕市场和用户需求，制定和实施了"民族品牌、开放发展"的经营战略，主导产品"红旗"品牌轿车已形成三个系列："红旗旗舰""红旗世纪星""红旗明仕"，向市场和用户提供了从高级、中级到普通级别的不同档次、不同价位的系列车型。但遗憾的是，市场不青睐，用户不买账。

## 探索"红旗"品牌战略

一汽企业品牌从 1996 年开始进入评价；"红旗"品牌从 1999 年开始进入评价。在品牌价值的计算方法中，主要由三部分构成：一是品牌的市场占有能力，主要通过企业实现的销售收入指标来计算；二是品牌的超值创新能力，也就是超过同行业平均创利水平的能力，主要通过利润率和销售收入指标来计算；三是品牌的发展潜力，主要通过对企业产品出口状况、国内外商标注册获得法律保护状况、广告投入支持品牌状况、品牌的使用历史状况等间接影响和支持品牌的因素，通过对未来获利潜力预测的方式进行计算。

2000 年度"红旗"品牌价值 43.04 亿元人民币，2001

年度"红旗"品牌价值 44.06 亿元人民币，2002 年度"红旗"品牌价值 48.03 亿元人民币，2003 年度"红旗"品牌价值 52.48 亿元人民币，2004 年度"红旗"品牌价值 54.56 亿元人民币，2005 年度"红旗"品牌价值 57.57 亿元人民币，2006 年度"红旗"品牌价值 58.28 亿元人民币，2007 年度"红旗"品牌价值 60.67 亿元人民币……

2012 年 4 月 20 日，中国一汽在北京正式发布探索式的"红旗品牌战略"。"红旗"作为我国第一款高级轿车，结束了中华民族不能生产轿车的历史，实现了民族轿车工业零的突破。"红旗"高级轿车直接为国家领导人服务、为接待外宾服务，被誉为"国车""中国第一车"，成为国家尊严与荣誉的象征，也为"红旗"增添了大气尊贵、无上荣耀的品牌形象。早在 1996 年，利用"奥迪 100"车身与克莱斯勒 488 发动机生产的"红旗 CA7220"，后被人称为"小红旗"。两年后，一汽又与福特合作，在"林肯·城市"的基础上推出 CA7460，即"大红旗"。

随着经济体制的改革，中国汽车市场也发生了深刻的变化。过去那种靠手工打造、一年只能生产几百辆的生产方式得以转变，历史机遇和挑战考验同时来到中国汽车企业面前。然而，在计划经济转向市场经济的初期，国内还没有一家汽车企业"下过海"，没有到市场竞争拼搏的经验，更不用说经营一个高端品牌。面对陌生的"市场经济",一汽人坚持"摸着石头过河",进行了诸多探索,经历了诸多坎坷。

外界曾有"红旗走下神坛"的声音。巨大的形象落差未令一汽人迷惑,一汽人勇敢地去面对、去破解。如何把握品牌与市场的平衡,一汽人坚持在探索中学习、在实践中成长。痛定思痛,一汽人清醒地认识到:在竞争中取胜必须以品牌为统领,必须要有核心竞争力的技术与商品为支撑,通过市场兴盛构筑健康的品牌成长模式。唯有坚持以品牌成功孵化市场的认可,以市场的认可重塑品牌成功,"红旗"才能永远高高迎风飘扬。

一汽人驾驶着国车"红旗"再度出师,着力点不只是"红旗"轿车,而是"红旗"品牌。随着"红旗"品牌的发布,一场以品牌重塑为先导,以市场开拓为目标的战略全面铺开。

在战略层面,一汽人把全新"红旗"品牌"中国第一车"的庄严、庄重和市场经济条件下全新目标用户日新月异的需求融为一体;商品层面,全新"红旗"汽车从技术到理念,均显示出经典、高端的特质,由内而外地彰显了中国汽车的最高工艺和科技水平,确保了"红旗"的品质属性,这足以支撑其作为高端自主乘用车第一民族品牌的地位。

完整的发展规划，为 "红旗" 提供了战略支撑。一汽为打造 "红旗" 精品，投入了集团最优质的资源，项目团队达到 1600 人。累计投入研发费用 52 亿元，开发了 L、H 两大系列 "红旗" 整车产品，形成了可覆盖 C、D、E 级高级轿车的发展基础。"红旗" H 系车型，即是一汽自主研发的 C 级 "红旗" 轿车。根据一汽当时的规划，在未来几年，"红旗" H 系车型目标直指高级车这一细分市场，而且还要在 "十二五" 期间再投入 105 亿元，进一步提高 "红旗" 产品的研发能力，丰富产品系列。用五年的时间，"红旗" 再投放两款 SUV、一款商务车和一款中型礼宾客车，不断满足用户对 "红旗" 高端车的需求。

关键的核心技术保证了 "红旗" 的领先优势。拥有核心技术和完全自主知识产权，给 "红旗" 品牌以骨气。"红旗" 品牌的 "完全自主" 主要体现在：从概念设计到工程设计全过程的自主开发，拥有全套数据文件和经验积累，拥有完全自主知识产权。"红旗" 在核心技术方面，拥有自主的 V12、V8、V6 和四缸增压系列发动机，以及全新开发的底盘系统、电子电气、网络平台、车身与内外饰等，并在工艺技术等方面具有独特优势，达到国际先进水平。

一汽的优质营销服务完善了 "红旗" 的高端定位。为了让用户全方位地体验 "红旗" 轿车带来的高品质生活，在集中优势资源打造"红旗"精品的同时，还积极为用户提供高端的服务享受。按照新战略，在营销渠道方面推出创新模式，即把"红旗"专属场馆、城市品鉴中心和4S店结合起来，建立与高端品牌相匹配的专属独立经销网络。在营销服务方面，推出了预约式零等待管理、全程一对一专属化接待，为客户提供卓越尊贵的服务享受；定制化服务、数字化智能车片，为客户提供倍感尊重的服务环境；四年十万公里品质保障、担保期内养护零成本、九大备品中心保障供应，为用户提供精准满意的服务承诺。

按照一汽人设想的"红旗"品牌，有着自强的精神支撑、有着一汽人多年潜心研究的全自主技术。"红旗"在继承品牌优势基因的同时，营造了与以往全然不同的风貌，给"中国第一车"带来更多的新荣耀。

自2012年4月一汽宣布"红旗"复兴计划以来，"红旗"，这个民族汽车第一品牌也的确吸引着人们关注的目光。围绕其展开的各种话题很多，究其原因，是国人对"红旗"实在是爱得深，爱得真。

如果说有哪个品牌能同时牵动十几亿人的神经，唯有"红旗"才有这样的影响力。这是因为，"红旗"不仅承载了一段荣耀的历史，一份珍贵的记忆，她还是国人对中国汽车的一份信仰。"红旗"在一定意义上就是中国汽车工业的缩影，人们对"红旗"的期待从根本上是对中国汽车工业的期待。

十几年来，中国的自主品牌尽管有了长足的发展，但唯一敢于并有能力指向 C 级以上市场的自主豪华品牌只有"红旗"。唯有"红旗"的成功才意味着中国汽车工业本质上的突破，"红旗"品质的高低是衡量中国汽车工业是否具备参与国际竞争能力的标志，这也是国人始终纠结于"红旗"是否全自主的原因所在，因为唯有全自主的技术研发才能代表中国汽车工业的水平，才是中国人自己的东西。

无疑，"红旗"是中国汽车工业的探路者，尤其是在豪华车领域。但是和国外汽车品牌相比，"红旗"经历了计划经济向市场经济的转变，经历了"入世"对中国汽车市场的冲击，在这条并不平坦的道路上，不得不承认"红旗"经历了"探索式前进"。


## "新红旗"高品质

"红旗"H7 是一汽自主开发的首款 C 级三厢式高级轿车，首次实现了整车全领域、平台与车型同步的深度自主研发，整车主要技术指标国内先进，部分性能达到国际水平。

在"红旗"H7的相关资料中,"国内首次开发"也是多次出现的字眼。但在业内人士看来,最能证明"红旗"H7全自主身份的是其由自主开发得到的全套数据。只有具备这些数据才能开发新产品,保持产品系列的活力。而这些数据是单纯引进技术成果所得不到的,只有从开发、测试、制造等各环节、全过程自主开发才能获得,也正是"完全自主研发"才让一汽人对"红旗"的发展更有底气,对品牌的树立更硬气。

可以说,造出"新红旗",已不神奇,还有更大的考验等着中国一汽,那就是新的营销时代背景下,从研发之初

"红旗"H7

便瞄准高端车私人市场的"红旗"H7 能够获得市场的认可与青睐。随着政府体制改革的力度加大，公务车市场逐年萎缩。赢得私人市场一方面是品质，另一方面便是品牌。这也是一汽在推介"红旗"H7 时多次强调其严格的质量保证体系的原因所在。例如，在试验验证阶段，"红旗"轿车项目样本量达到以往项目的 4 倍，累计试验里程 300 万公里。更为直观的成果是经安全碰撞试验，"红旗"轿车已经达到 2012 年欧洲 5 星标准，体现了"红旗"H7 过硬的品质。

对标"奥迪"A6L 的诞生，"红旗"H7 起点较高。作为"共和国长子"的一汽，自然要承担起振兴中国汽车工业的重任，经受住市场的严格考验。

"奥迪"A6L

品牌和质量是企业发展的终极目标，但大多数企业还是为市场份额投身到激烈的"价格战"中。一汽的品牌道路走得很坚定，但是也很艰苦。从 2010 年北京车展（微博）发布一汽品牌战略，到 2011 年的蓝途战略，再到 2012 年的服务品牌战略，很难说"三大战略"为一汽带来了多少市场效应和经济效益，但是通过搭建品牌屋，梳理出整个集团未来几十年的发展路径，可谓是一种"功在当代，利在千秋"的业绩。现在是品质与技术的竞争，但未来一定是品牌的竞争。也正是这一观点，推动了一汽全新品牌战略的发布与发展，而以"品牌战略"形式向市场许下的承诺也让一汽在技术、服务领域不断发展。

必须看到，相比欧美等发达国家超过百年的汽车工业史，我国的自主汽车工业起步太晚，市场却发展得很快。在追逐市场的同时，更需要重视以技术、品牌为代表的企业综合实力。一汽和中国自主汽车工业，需要理解国人的期待，还需要把压力转变为动力，以稳健踏实和厚积薄发回应国家的支持与国人的厚爱。

因此，一汽人聚精会神地研发出"红旗"H7，这款车定位于"高档行政商务座驾"，有 3.0L 和 2.0T 两个排量的 5 款车型，车长 5095 毫米、宽 1875 毫米、高 1485 毫米。而且在 2014 年 4 月 20 日北京国际车展上，又有"红旗"L5

正式上市。"红旗"车的这次品牌重塑、质量提升、华丽转型，不仅为政府部门提供了标准用车，同时也"脱下官衣"走进家庭，可谓是一次精准把握时代和市场的突破。

## 中国（长春）国际汽车博览会

中国（长春）汽车博览会作为一个履历表上已有20多年历史的国际化大型展会，已逐渐褪去当年的稚气，迈着轻快的步伐，满怀自信地走向国际舞台。

从1999年开始长春车展初次亮相，到变身为现在国际A级车展，再到立足于长春汽车辉煌发展历史和雄厚产业基础的长春（国际）汽车博览会（以下简称"长春汽博会"），从区域性展会到国际性盛会，经过数十载的精心培育与打造，长春汽博会一跃晋升为中国五大车展之一，并成为继上海之外，国内第二个获得国际展览联盟（UFI）认证的车展。

20多年，历史长河一瞬间，长春发生了沧海桑田般的巨变。长春（国际）汽车博览会也见证了中国汽车工业产业的欣欣向荣和迅猛发展。如今，车展已经成为推动一个城市汽车工业发展不可或缺的部分。

挥不去的激情与梦想　卷不走的辉煌与荣耀

20世纪90年代末，正值中国会展业刚刚兴起，带着对汽车特有的钟爱，带着对车城美好的憧憬，中国（长春）国际汽车博览会暨中国长春商品交易会拉开了帷幕。

尽管展会冠以汽车博览会和商品交易会两个名头，并残留着综合性展览会的印迹，却从里到外都突出了"汽车"这个主题。市民们像欢庆盛大节日一样度过了6个难忘的日日夜夜。

首届长春汽博会的成功举办，创造了多个"第一"：长春市有史以来规模最大的展会；第一个市场化运作的政府主导型展会；第一个具有较高国际化水平的专业展会；培育了长春市第一支会展业专业化队伍。长春汽博会的举办，为长春车展跻身于国际著名车展拉开了序幕，也为推动汽车产业加速发展呈现出惊人的潜力。

从1999年第一届汽博会展览面积1万平方米，参展厂家41个，参展车辆205台，参观人数50多万人次，到2023年举办的第二十届中国（长春）汽车博览会展览总面积规划为22万平方米，参展品牌151个，展车数量1400台，创历史之最……从首届汽博会到如今，无论是展馆规模、展车质量和数量，还是参展人次，都逐年攀升。

德国、美国、加拿大、澳大利亚、日本、韩国等国家和地区的厂商及各界人士纷纷相聚车城长春，这对促进吉林省汽车产业与国际、国内著名的汽车厂家的交流与合作，提高汽车产业地方配套率和相关产业融合度，加快汽车零部件、汽车电子等高端配套产业以及汽车商贸、汽车金融、汽车服务业的发展，加大汽车产业领域的投资合作，打造世界级汽车产业基地，起到了巨大的作用。

汽车工业已不仅是拉动长春经济增长的支柱产业，也是城市精神与内涵的紧密融合，更是对外开放的重要窗口。长春汽博会以独具特色的城市象征和对外交流的城市名片，正以海纳百川的气势笑纳八方来客。

2019 年长春汽博会开幕式

本土展会强势崛起　在坚守中实现新跨越

在 2019 年年底召开的长春市会展经济工作调度会上，长春市委、市政府提出了全市会展经济发展的基本思路和方向定位。会议围绕大力发展"新经济、新业态、新模式"，把会展经济作为引领现代服务业发展、加快产业转型升级、实现高质量发展的重要抓手，以建设"长春国际会展之都"为目标，以品牌化、专业化、国际化为方向，以"一节一展一论坛和四会"为主打品牌，全力做大做强长春市会展经济，增强会展经济对经济发展的拉动作用，提升城市的知名度和影响力，为长春现代化都市圈建设和全面振兴全方位振兴提供有力支撑等内容展开一系列讨论。

作为吉林省培育的土生土长的中国( 长春 )汽车博览会，一向有引领汽车时尚消费"风向标""晴雨表"之称。

长春这座因汽车而快速成长起来的城市，从没有放弃过"让中国成为汽车强国"的努力，打造国际汽车名城是这个城市的梦想与追求。在这种持之以恒的追求中，长春汽博会为长春搭建起一个与国际融通交流的大平台。

中国第一车城的辉煌发展历史和雄厚产业基础，为长春汽博会提供了得天独厚的先决条件和蓬勃发展的活力，也为长春汽博会找准了定位，明晰了发展方向。长春汽博会始终坚持以振兴汽车产业、打造国际汽车名城为宗旨，已成为长春独具特色的城市象征和对外交流的城市名片，有效拉动了旅游、餐饮、交通、物流、能源、金融、保险等相关行业的发展，这是政府、厂商、观众、多年经验等诸多要素长期积淀而取得的丰硕成果。

从打造"汽车城"，到打造"国际汽车名城"，再到打造"千亿级世界汽车产业基地"；整车产能从 100 万辆到 200 万辆，再到 300 万辆，不仅是量的增长，更是汽车产业和这座城市整体素质的全方位提升。

今天，在世界汽车大舞台上，"长春制造"的力量已势不可当。长春对于汽车产业的梦想与追求在不断的坚守与

2020 年长春汽博会现场

实践中日渐清晰，汽车工业早已成为长春市工业经济中第一大支柱产业。而这一切正是汽博会从无到有，从小到大，从弱到强，不断走向辉煌的基础保障和重要支撑。

在创新中加速发展　在融合中引领未来

如果没有雄厚的产业基础作为支撑，无论什么展会都不会具有生命力。回顾长春汽博会发展历程，它是依托汽车城雄厚的产业基础发展壮大起来的。

目前，我国汽车工业已经进入高速成长期，汽车产业链已经成为我国最有增长潜力的产业群。长春已经形成了

2020 年长春汽博会"红旗"展厅

以中国一汽为核心，集整车，各类专用车、客车和汽车零部件研发、生产、贸易为一体的中重级卡车、中高级轿车、轻型车和微型车车型全系列发展得比较完备的汽车产业体系，并已成为国内规模最大的汽车制造、服务基地。而这一切正是长春汽博会从无到有，从小到大，不断走向辉煌的基础保障和重要支撑。

如今，百姓迫切提振消费信心的购车诉求，汽车行业树立品牌新车发布的宣传推介，现代服务业寻求热点提升业绩的有利契机，让长春汽博会在深入挖掘亮点和结合新形势创新的道路上只能不断地探索和前进。

在振兴东北老工业基地的大背景下，在吉林省着力优化对外开放新格局的大背景下，长春汽博会必将以全新的思考、科学的视角，向人们呈现一道更加开放、更加包容、引领性更强、体验性更强、综合性更强的国际盛宴。

# 第十三章

解放思想打造『解放』

　　一汽解放汽车有限公司（在一汽内部简称解放公司）成立于2003年1月18日，是以原第一汽车制造厂主体专业厂为基础，以一汽技术中心（原汽车研究所）为技术依托，重新组建的中重型载重车制造企业，是一汽的全资子公司。一汽解放汽车有限公司具有辉煌的历史，"解放"卡车成为新中国建设的主要公路运输装备。1986年7月15日，借改革开放的春风，第二代"解放"卡车CA141批量投产，结束了"解放"产品三十年一贯制的历史。在此基础上，一汽通过合资合作和集团化道路，完成了上轻型车、上轿车的第三次创业，在国内率先成为年产超百万辆的汽车工业集团。

　　2003年，解放公司刚成立的时候，正赶上辞旧迎新的春节。人们发现，公司办公大楼上悬挂着一副超长对联："岁月如烟，弹指飘散，五年历多少艰难险阻，'解放'腾跃志在高位；奋斗如歌，激情燃烧，双手绘几许改观蓝图，全员奋进重塑辉煌。"这副文采飞扬的对联，概括全面，充分反映了"解放"的发展历程、辉煌成就、员工的精神面貌。确实，国人对"解放"有着深深的感激和眷恋，一汽人与国家命运和"解放"也息息相关，永远割舍不断。

## "解放"闯天下

一汽的辉煌是有目共睹的，"解放"的业绩也是有口皆碑的。如果说"十五"期间是"奥威"闯天下的时代，那么，"十一五"期间就是"解放"J6重卡赢得未来的时代。

从国内一流到世界水平。2007年7月15日，"解放"J6重卡首次下线，代表着解放公司自主发展结出了丰硕果实，而到2009年10月20日，"解放"J6重卡成为中国汽车年产销量跨越1000万辆的代表车型，获得了举世瞩目的殊荣，"解放"J6重卡更成为中国汽车自主研发的骄傲。

"解放"J6重卡自投产以来，为了适应中国重卡高端市场大马力、高速化、舒适环保的市场需求，不断完善产品平台和技术升级，2010年，先后推出J6P11L机和J6平地板、J6牵引、J6自卸、J6载货全系列新车型。经过多年的持续产品结构调整，"解放"已经形成以重型车为主导的产品结构，重型车占"解放"总销量比例达到了70%以上，实现重型车销量第一。"解放"重型车在产品性能、可靠性、售后服务、品牌价值等方面已经形成了一定的竞争优势。

多年的自主创新，使"解放"产品具备了强大的竞争实力，目前已经构建了完备的产品系列平台。"解放"重型牵引车，形成了以"解放"J6、"奥威"及"大威"共同组成的高、中、低端产品组合，"解放" J6 和"奥威"牵引车市场表现强劲；"解放"中重型自卸车，突出奥威自卸，导入 J6 自卸，夯实小金牛经济型自卸，实现"解放"自卸上量；"解放"中重型载货车，以"解放" J6、"骏威"和"三赛"系列产品为主打，在卡车行业始终处于领先地位；开发出的以水泥搅拌车、罐式类、环卫类为代表的各式专用车，已经成为用户的首选。一汽"解放"发动机总成也不断推陈出新，11 升发动机再显威力；而"解放" 10TA 变速箱在 2009 年 7 月实现了批量投产，一举填补了"解放"重型车变速箱国内空白。

"十五"期间，由一汽老一辈创业者们奠基的"解放"新基地拔地而起。而在"十一五"期间，一汽解放公司的产能开始得到最大限度的提升和释放，长春和青岛两个整车基地实现了双突破、双增长。"解放"新基地生产能力由 2006 年日产 180 辆份提升到 500 辆份，青岛汽车厂整车日产能力由 320 辆份提高到 360 辆份。

在一汽解放公司整车攀上年产 20 万辆生产规模的带动下，发动机、变速箱、车桥三大总成产能也实现了突破。一汽解放公司无锡柴油机厂发动机 2009 年创造了年产 36 万台的历史最高记录，变速箱分公司脱胎换骨，重型变速箱批量投放市场，车桥分公司屡屡攻坚，其年产量五年间更是翻了数番。

为科学利用合理配置资源，一汽解放公司有效运用精益生产方式，尝试 5 日生产计划管理模式，使生产秩序进入良性循环。装配可动率稳步提高，整车入库率逐渐提升，超期车比例明显下降，也让各大总成和零部件供应商有一定的准备时间，保证了生产资源协调，既提高了产能，同时也为零部件质量提高创造了条件。生产能力的增加必然意味着一汽"解放"员工劳动生产率的大幅提升，与此同时，2010 年产品延迟交付客户的数量同比下降 40% 左右，对市场销售也起到了有效的促进作用。

## 一路领先的汽车品质

经过几年贯标历程与不懈努力，一汽解放公司在"十一五"期间取得的一项重要成果，就是锲而不舍地推进质量体系管理上水平。2009 年顺利通过 ISO/TS 16949 国际汽车质量管理体系认证，以此强化了新产品认证、质量改进、过程控制等环节，为"解放"追求永远的产品品质领先夯实了基础。深入贯彻 ISO/TS 16949 质量管理体系，通过强化体系内审，积极推进五大工具、8D 方法应用和推广，开展质量绩效指标评价，提高质量体系运行的有效性。在新产品研发、生产准备阶段，建立新产品质量门和质量控制标准，保证新产品质量。坚持"不接受不合格、不制造不合格、不流出不合格"的"三不"原则，强化采购产品入口管理，完善大总成转序及整车质量控制，提高装调质量，强化过程控制能力，在总装配线上设立13道质量门，严把过程关，堵住失误漏洞。开展对供应商进行体系审核、产品审核及过程审核，实施质量否决，提升供应商质量保证能力，建立了完善的零部件供应商奖惩机制，实施了对供应商的帮扶计划，使A级供应商比例逐年增加，有效提升了供应质量管理水平。依靠不断建立质量改进项目，快速落实解决市场问题，使产品质量稳步提升，索赔率逐年下降，顾客满意度持续增加。据第三方调查，目前在国内商用车中，"解放"品牌中、重型卡车单车可动率为最高。

## 在变革和创新中提质增效

面对日益激烈的国内外市场竞争，一汽"解放""十一五"期间坚持改革创新，与时俱进，构建国际化的管理平台，建立内部母子公司体制，实现本部扁平化管理。

解放公司通过了 ISO/TS 16949 国际汽车质量标准管理体系、国标质量管理体系（GJB 9001A–2001）、保密资格审查认证和环境 / 职业健康安全管理体系（GB/T 24001/28001）认证。

全面实施了企业资源计划 ERP 系统、产品数据管理 PDM 系统、销售 TDS 系统、电子标签系统、生产控制管理 MES 系统、供应链管理 SCM 系统和办公自动化 OA 系统等信息化工程，基本形成比较完整的企业信息系统，居于国内汽车制造行业先进水平；在一汽集团公司的统一组织下，一汽解放公司所属分、子公司的信息系统实施工作也在陆续上线或启动实施；订单制、制造 BOM、材料定额和工时定额、二级核算、投入产出差异分析等初见成效，解决了一些长期难以解决的基础管理难题；全面推进企业风险管理，完成培训 500 人次，梳理文件 1267 个，确定公司本部重大风险 39 个，分、子公司重大风险 78 个，整改后将极大降低企业的风险危机。深入学习推进日本丰田生产方式，现地现物改进改善已成为一汽"解放"员工的自觉自愿行为，每年都有大量的班组级、一线员工层面的改进涌现出来。

一汽解放公司连续多年不间断地进行成本改善项目的推进，从产品设计改进、工艺改进、节能降耗、降工装费用、降物流成本、废旧物资等扎扎实实开展降成本工作，收到了明显效果。五年间，实现降成本 20.28 亿元。

# 领航中国的"解放"

第700万辆"解放"卡车在总装新基地驶下生产线，一汽"解放"迎来又一历史性时刻。

从1956年下线第1辆，到2018年下线第700万辆，"解放"牌卡车已经走过了60多年的风雨历程。60多年来，"解放"伴随着中国汽车工业从无到有、从弱到强；60多年来，"解放"见证着民族品牌从模仿到创新、从跟随到引领；60多年来，"解放"砥砺前行，初心不改，不断谱写着新时代民族复兴的崭新篇章。

作为商用车领域的单一品牌，产销达到700万辆，这份光荣与梦想所达到的高度，让人们难以想象。700万辆是什么概念？做一个直观的比喻，以平均车长7米来计算，如果一字排开、首尾相连，700万辆"解放"卡车足以绕地球赤道一圈以上。

700万辆的背后，离不开"解放"深厚的历史积淀和技术创新，离不开"解放"用户的大力支持和真挚信赖。让我们回到中国汽车工业创始点，一起回顾"解放"发展史上的那些荣耀时刻。

第 1 辆——"解放"精神创造工业奇迹

1953 年 7 月 15 日,第一汽车制造厂隆重举行奠基典礼,厂长饶斌致开幕词, 6 名年轻的共产党员将刻有毛主席题词的"第一汽车制造厂奠基纪念"的汉白玉基石,放置在厂区中心广场基座上,第一汽车制造厂破土动工。

大批"解放"新车蓄势待发

### 第 100 万辆——"解放"汽车伴随用户前行

如果把中国汽车工业的发展比喻为一场赛跑，那么在前 100 万辆的赛程上，"解放"是当之无愧的明星。由"解放"创造的历史，至今仍被人们所称道：当时奔跑在道路上的汽车，每两辆就有一辆是"解放"牌。1983 年 2 月 26 日，第 100 万辆"解放"汽车下线，一汽隆重举行生产汽车百万辆庆祝大会。"解放"在 100 万辆下线的过程中，不断改变中国城乡交通和公路运输的落后面貌，"哪里有路，哪里就有解放车"，"解放"车陪伴用户跑遍了中国 960 万平方公里的国土，甚至登上了号称"世界屋脊"的青藏高原。

直至 1986 年停产，第一代"老解放"创造了 1281502 辆产量的历史，这个数字几乎是当时全国汽车产量的一半。然而，"解放"没有停留在历史的功劳簿上沾沾自喜，而是时刻铭记建厂时的艰苦创业本色，薪火相传，奋斗不止。

### 第 300 万辆——"解放"速度实现历史飞跃

泰山不让土壤，故能成其大。从第 1 辆"解放"车到第 100 万辆，"解放"人用了 27 年。这 27 年的背后，是无数"解放"人的艰辛和汗水。然而，100 万辆仅仅是一个起点，沐浴着改革开放的春风，我国经济进入了快速发展阶段，运输行业蓬勃向上，一汽"解放"也加快了前进的步伐。1994

年,"解放"迎来了第 200 万辆下线,仅仅 7 年后,"解放"第 300 万辆汽车如约而至。2001 年 7 月 15 日,在中国汽车工业第 48 年华诞、国产汽车诞生 45 周年纪念日,一辆披红戴绿的工程"解放"卡车缓缓驶出,第 300 万"解放"卡车荣耀下线。

从第 1 辆到第 300 万辆,"解放"立足国情、适应市场、创新发展,使"国车长子"茁壮成长,不仅品牌形象得以提升,还拥有了从一吨到三十吨多品种产品,并在当年成为继"奔驰"与"沃尔沃"之后、排名世界第三的中、重型卡车制造商,实现了由"国车长子"到"世界三甲"的历史跨越。

第 600 万辆——"解放"技术奏响自主强音

2002 年上半年,一汽"解放"中重型卡车销售 11.2 万辆,超越世界卡车巨头"奔驰"和"沃尔沃"两大公司的同期销量,跃居世界第一。之后,"解放"陆续下线了第五代、第六代产品。2007 年 7 月 15 日,历经 6 年打造的"解放"第六代重型卡车 J6 正式下线,先后获中国科学技术进步一等奖、中国汽车工业科学技术特等奖,并成为 2009 年中国年产第 1000 万辆汽车的代表车型。2014 年,以"传承传奇 传递梦想"为主题的一汽"解放"第 600 万辆卡车下线

一汽"解放"新能源重卡生产线

庆典暨"解放"国Ⅳ第 5 万辆交车仪式,在一汽"解放"长春基地世界级总装线隆重举行。

600 万辆"解放"卡车的下线,对于"解放"来说又是一次具有里程碑意义的时刻,这也意味着"解放"品牌高举自主创新的大旗正在不断地书写着一段又一段的传奇。

第 700 万辆——"解放"科技引领行业发展

2018 年 4 月 18 日,全新"解放"换代产品 J7 在长春下线,10 月 27 日,一汽"解放"在上海正式发布六大品牌战略。面向未来,在加快智能汽车技术发展、加速构建智慧物流生态的道路上，一汽"解放"再次走在了行业前列。中国已成为世界汽车制造大国，产量连续九年蝉联全球第一，而一汽"解放"也完成第 1 辆到第 700 万辆的历史突破。这是一个不断积累、不断创新、不断摸索的结果。从某种程度上说，一汽"解放"的探索就是汽车行业的探索，700 万辆的成就不仅属于一汽"解放"，更是属于整个中国汽车工业。

回望峥嵘岁月，荣耀属于历史，辉煌已然过去，700 万辆是"解放"卡车一个新的起点，让我们一起期待。第 700 万辆"解放"卡车的到来，让我们有理由相信，在 7 代车、700 万用户的基础上，第 800 万辆、1000 万辆"解放"车会更快到来，一汽"解放"必将成为"中国第一、世界一流"的智慧交通运输解决方案提供者！

2018 年 11 月 30 日，一辆白色"解放"J7 驶下一汽"解放"卡车厂总装车间生产线，标志着我国自主研发的第 700 万辆"解放"卡车在长春正式下线。2020 年，"解放"销售 35 万辆。根据规划，一汽"解放"将一鼓作气实现 2023 年 43 万辆、2025 年 50 万辆的战略目标。

"解放"将全力以赴，用品质承载责任，用技术创造领先，用创新引领未来，保持中重卡商用车领域的国内领先地位，打造中国卡车第一品牌和中国商用车的国际领先品牌。

　　"十一五"期间，"解放"的销量增长势头强劲，连年持续攀升，五年间，"解放"销量增长275%，销售收入也大幅增长。这种向好态势，良好的营销服务体系，为用户创造了价值，带来了感动。

　　一汽解放公司在营销上实行了分品系营销、订单制等管理模式，营销服务网络、备品服务、库存管理进一步加强和改善，夯实了营销基础管理，大幅提升了营销管理能力。一汽解放公司建立并有效实施了销售目标分级、分层管理和责任、考核的激励机制，对实现年度销售目标提供了重要支撑；应用4P+2S分析方法，建立标准化市场和产品分析模型，提升了市场和营销策划能力；通过狠抓订单制、交货期、备品改善、用户感动服务再升级、营销和服务网络建设、市场调研等基础管理工作，促进了营销体系能力的提升和售后服务改善。

　　与此同时，一汽解放公司坚持适应性改进产品生产计划日评审制度，及时满足用户特殊需求；强化库存管理，实施"过程控制"和"关键节点"控制，实现了合理库存和结构改善，达到了历史最高水平；按照"销售到市、服务到县、备品到街"网络布局的总体思路，制定并积极推进五年网络建设规划的实施。在"十一五"期间，通过调整优化，一汽解放公司已经形成布局合理、形象好、功能全、能力强的营销、服务、备品和出口网络体系，"解放"营销网络遍布全国。

## 回首峥嵘 60 年

2016 年 7 月 13 日，一汽"解放"卡车迎来 60 年华诞，以"解放卡车一甲子　创新领航六十年"为主题的"解放"卡车诞生 60 周年暨纪念版车型下线仪式，在一汽"解放"长春基地总装线隆重举行。

从 1956 年到 2016 年，一个甲子的轮回，见证着中国汽车工业发展的巨变，也见证了一汽"解放"做强、做大、做优的漫漫征程。一汽"解放"的自主、自强、自立，代表着中国汽车工业独立自主、勇于创新的产业精神。

回顾 1956 年第一辆"解放"卡车成功下线，实现了新中国汽车工业从无到有的突破。60 年来，一代又一代的一汽人奋力拼搏、砥砺前行、创新求变、自主自强，用忠诚和汗水建设一汽、发展一汽、壮大一汽，绘制了中国汽车工业崭新的篇章。总结"解放"品牌 60 年的发展历程，60 年的历史是"解放"开创辉煌、奠定发展的历史。60 年来，"解放"卡车结束了中国不能生产汽车的历史，开启了中国汽车新纪元，推动了中国汽车工业的蓬勃发展。"解放"60

年的进程是与时俱进、不断进取的 60 年。60 年来，"解放"历经 6 代产品创新，一直致力于为用户制造最好的卡车，从未停下前进的脚步。60 年的发展是"解放"厚植优势、做强品牌的 60 年。60 年来，"解放"形成了深厚的历史积淀，打造了领先的技术优势，培育了最具价值的卡车品牌，形成了行业一流的产品技术、领先的管理水平、素质一流的人才队伍。

"解放"是一汽的根，是中国汽车工业发展的源头，"解放"好，一汽才会更好；"解放"强，一汽才会更强。

一汽始终发扬光荣传统，进一步增强干好"解放"事业的责任感和使命感，巩固基础、蓄势而上，进一步提升"解放"品牌竞争力。把握机遇，巩固优势，在做好牵引车的同时，加快形成自卸、专用车方面的优势，加快西部和海外市场的拓展，使产品结构和市场结构均衡，使质量、成本、营销和管理水平不断提高，使"解放"产品的竞争实力不断增强。一汽"解放"登高望远，放眼国际，瞄准国际一流标杆，应用最先进的技术打造高端产品，实现高效运营，把"解放"打造成为国际一流的卡车品牌。

面对经济新常态，"解放"在产品原有性能和优势上创新拓展，实现了"解放"卡车动力、节油、可靠、安全、舒适、维护六大领航优势提升；面对市场新需求，"解放"以自主科技领先优势，率先实现机、箱、桥 10 万公里长换油，轮端 50 万公里免维护的世界级保用标准。

在一汽"解放"60 周年华诞纪念仪式上，"解放"J6 纪念版车型隆重下线，奏响了"解放"继续奋进的号角。

"解放"J6 纪念版车型集中体现了"解放"品牌"商品力、竞争力、创新力"的研发理念，在动力性、可靠性、节油、安全、舒适度及维护等方面的优势表现，将引领时代发展潮流。

"解放"J6 纪念版车型配备"解放"国内领先的国五 11L 大马力发动机，460 马力，动力澎湃；标配 AMT 自动挡变速器，性能先进，根据不同路况，精准控制动力输出，自动匹配挡位，提高行车安全性，让驾驭者充分感受轿车化驾乘体验；匹配 3.7 速比节能高速桥，应对复杂路况环境及多种配货需求，高速更节油；借助世界级制造工艺及核心自主科技的应用，满足了用户对产品全生命周期的提升，低使用成本、高出勤率的需求，实现了高效运营和低成本维护的完美结合。此外，国内领先的电气化及智能系统科技的集成，使纪念版车型在为用户创造更多盈利空间的同时，也给用户带来了超值的驾控体验。

"解放"J6 纪念版的成功下线，是 60 年前第一声引擎起动的回响，让我们看到了"解放"续写辉煌的开始。"解放"60年是争第一、创新业、担责任的60年，回望60载峥嵘岁月，荣耀已属于历史，辉煌也已过去，站在历史新的起点上，一汽"解放"人更觉责任重大。

"解放"卡车诞生60周年，对于"解放"来说，是节点，更是起点。造就"中国制造2025"新纪元，未来"解放"将继续不忘初心、永葆创业奋斗本色、瞄准世界一流商用车产品和企业目标，实现产品品质、安全、节能、环保、效益总提升。努力实现中重型卡车国内市场份额的新突破、轻型车高质量发展的目标。一汽"解放"有信心在6代车、60年、60万用户的基础上，将"解放"打造成国内顶尖、国际一流、最值得骄傲的高用汽车企业，打造最值得用户信赖的卡车品牌。

# 第十四章

风展『红旗』如画

中国汽车工业历史上的"第一汽车"诞生于 20 世纪 50 年代中期那个"激情燃烧的岁月"，一汽生产的"解放"牌卡车和"红旗"轿车，是中国民族汽车工业的崛起标志，对于一汽人而言，"解放"是一汽的根，"红旗"是一汽的魂。对于中国人而言，他们对"红旗"品牌蕴含着深深的情感；对于一汽人来说，"红旗"品牌肩负着强烈的责任和使命。

## "红旗"品牌今胜昔

"红旗"这两个字或许源于当时著名的理论刊物《红旗》杂志，也有人认为是取"乘东风，展红旗"之意。不论怎么说，1958 年的中国一汽，以一辆 1955 型的克莱斯勒高级轿车作为参照，根据民族特色，仅用一个月的时间就打造出了第一辆"红旗"高级轿车。

最早的 CA72 翼子板一侧标有并排五面小红旗，代表工、农、商、学、兵。这辆车的诞生已成为一个中华民族尊严的象征，它从此向世界宣告：中国人不能生产高级轿车已成为历史！ 1958 年，第一辆"红旗"牌轿车诞生，成为国家领导人和国家重大活动的国事用车。1959 年，在庆祝新中国成立 10 周年庆典上，"红旗"作为检阅车，首次亮相国庆阅兵仪式。在 20 世纪六七十年代，"红旗"轿车更是中国汽车工业的一面旗帜。改革开放后，"红旗"在继续承担"国车"重任的同时，开始了市场化进程。进入新时代，"红旗"紧跟时代步伐，产品日新月异。

2018 年 4 月 25 日，"红旗"品牌首次独立亮相北京车展，高端 B 级车"红旗"H5 震撼上市。2019 年 2 月 4 日，"红旗"HS5 在央视春晚吉林长春一汽分会场首次正式亮相，

"红旗" HS5

并于 5 月 26 日在 2019 年长春国际马拉松赛事期间正式上
市。7 月 12 日，"红旗"HS7 长春国际汽车文化节暨首届"红
旗"嘉年华在长春举行，"红旗"HS7 也于此期间上市，之
后不久，"红旗"E-HS3、H9 相继面世。

"新红旗"品牌突出"新高尚""新精致""新情怀"的理
念，把中华优秀文化和世界先进文化、现代时尚设计、前
沿科学技术、精细情感体验深度融合，打造卓越产品和服
务。"新红旗"战略目标是把"新红旗"打造成"中国第一、
世界著名"的"新高尚品牌"，满足消费者对新时代"美好
生活、美妙出行"的追求，肩负起历史赋予的中国汽车产业
的重任。

"红旗"H7 是"红旗"为消费者打造的一款 C 级新商
务座驾，在原款车型的基础上，结合用户反馈对产品进行
强化升级，让"红旗"具备宽敞、舒适、稳健、安全四大
优势。

"红旗"L5 是中国一汽自主研发的 E 级三厢轿车，也
是中国品牌目前为止唯一的 E 级三厢轿车，并开启高端限
量版定制。

"红旗"H5 定位于 B 级高端豪华轿车，主要面向当前
社会的年轻群体，具备时尚、动感、智慧、安全四大优势。

"红旗"HS5 定位于豪华 B 级 SUV，作为"红旗"品牌

"红旗"H5

的扛鼎之作，"红旗"HS5 凭借精美动感的外观、出色的动力总成、丰富的智能科技配置、精致的细节工艺、人性化的舒适装备和顶级的主被动安全系统等，为驾乘者带来了"红旗"品牌专属的全场景、多维度的仪式感体验。

"红旗"HS7 定位于 C 级豪华 SUV，作为中国汽车产业 C 级 SUV 的新标杆，"红旗"HS7 凝结了"红旗"品牌在设计造型艺术、澎湃动力总成技术、高效越野底盘、至尊安全技术、智能驾驶技术、极致体验技术、先进制造技术等领域的最新成果。

　　"红旗"H9 定位为 C+ 级中大型轿车，"红旗"H 系列的全新旗舰车型，颠覆了以往"红旗"车型的全新设计理念。

　　"新红旗"家族共包括四大系列产品：

　　L 系列——新高尚"红旗"至尊车。

　　S 系列——新高尚"红旗"轿跑车。

　　H 系列——新高尚"红旗"主流车。

　　Q 系列——新高尚"红旗"商务出行车。

　　"红旗"的设计风格令人赏心悦目，以"尚·致·意"为关键，象征着"高山飞瀑、中流砥柱"的格栅，"气贯山河、红光闪耀"的贯通式旗标，"梦想激荡、振翅飞翔"的前大灯，"昂首挺胸、旌旗飘扬"的腰身，"流彩纷呈、定海神针"的轮标，"中华瑰宝、经典永恒"的毛体汉字"红旗"尾标等，使"新红旗"尽显民族汽车工业的特质和风范。

　　"红旗"轿车的诞生和发展历程，充分体现了一种自强、自立的民族精神，无论是产品的发展与进步，还是企业的变革与创新，自强不息始终是这个品牌和这个团队的显著特征。"红旗"轿车的制造过程，也充分体现了团结协作的合作精神，在新时代，这种精神依然被发扬光大；在企业走向国际化的进程中，合作的概念更为广泛，这就是要在坚持自主发展的过程中，放宽视野，表现出更加积极和开放的合作精神。

　　"红旗"品牌创立和发展立足于两个基点，一是具有民族特征，二是体现世界潮流。从历史的传承到现实的发展及对未来的展望，"红旗"始终把创新作为企业生存与发展的永恒课题。"红旗"轿车在延续品牌精神的同时，也把握住了时代的脉搏，成为民族自主品牌永远的领航员。"红旗"正代表着新时代的高端形象，昂首迈向世界的舞台。肩负振兴民族轿车工业大任的"红旗"轿车，在"红旗"精神的指引下，在亿万国人的关注下，在一汽人激情奋发的努力下，不仅创造了历史，更会创造光辉的未来。

## "红旗"走秀多姿舞台

　　2019 年是"新红旗"品牌振兴的重要一年，无论是品牌影响力还是市场反馈，都呈现出一种蓬勃向上的强劲势头。这一年，"红旗"带着一汽人的神采和期盼，纷纷亮相国内、国际各种舞台，这无疑是一汽"红旗"的高光时刻，可谓是星光闪耀、亮点纷呈，好一派"风展红旗如画"的景象。

　　2019 年 1 月 8 日至 11 日，中国一汽"新红旗"品牌首次参加 2019 年国际消费类电子产品展览会（CES），并携全新"红旗""旗境"智能舱亮相。"新红旗"品牌在世界舞台上全方位展示了其在科技领域的成果，国际形象愈发鲜明。

中国一汽坚持用"全球先发、崭新首创"的技术为品牌赋能。"新红旗"强调，参加 CES，是抱着虚心学习的态度，了解和掌握当前世界最新科技动态，"新红旗"品牌也非常愿意和全球各大车企及 IT 互联网公司交流，并展示"新红旗"品牌的先进技术和理念。"新红旗"品牌经过几代人的奋斗，品牌战略逐步落地。此次参加 CES，不仅仅是展示自我，更是对"走出去"国家战略的需要，是"新红旗"进一步扩大国际影响力的重要举措。

2019 年 1 月 27 日，"新红旗"品牌发布了"爱·尚"公益品牌及"红旗一致行动人"公益计划，旨在塑造"新红旗"公益品牌 IP，创新、传播、展示"新红旗"、新公益、新未来、新形象。"新红旗"品牌积极践行社会责任，通过塑造公益品牌 IP，打造有温度、有情怀的品牌，同时树立了负责任、有担当的品牌形象。

2019 年 1 月 29 日，中国一汽"红旗"品牌与故宫正式达成战略合作，并在故宫建福宫举行了合作签约仪式。双方将秉承"传承与创新"的宗旨，融合东方美学与现代创新，从文化、公益、教育等多个层面传承和推广中国汽车文化，弘扬文化自信。随后，由故宫博物院主办，"红旗"作为唯一汽车合作品牌的"万紫千红文物特展"在故宫盛大开幕。特展集中展示了中华传统文化珍品，"红旗"汽车作为展品，为庆祝中华人民共和国成立 70 周年献上一份厚礼。

拥有近 600 年文化历史传承的故宫，与拥有 60 余年现代造车经验的"红旗"，携手合作，共同向中国文化致敬，这次合作彰显了"新红旗"品牌的文化内涵。民族瑰宝和国之重器的天作之合，展示了中国品牌力量，闪耀着中国文化魅力，让"新红旗"成为弘扬中华民族文化自信的标志性品牌。

2019 年 5 月 26 日，"红旗·2019 长春国际马拉松"盛大举办。活动现场，首款豪华 B 级 SUV——"红旗"HS5 在万众瞩目中亮相长春。

这是"新红旗"跨界体育赛事的一次重要尝试，开创了汽车品牌联合国际赛事上市先河，为"红旗"走向世界开通了又一渠道。

2019 年 7 月 12 日，"红旗·长春国际汽车文化节暨首届红旗嘉年华"在长春隆重举行，首款豪华 C 级 SUV"红旗"HS7 借助本次活动正式上市，"红旗"HS7 的正式上市，标志着中国汽车品牌在高端 SUV 领域上取得重要突破。随着"红旗"HS7 的上市发布，"新红旗"产品矩阵日臻完善，"新红旗"品牌战略得以逐步落实。同时，这次"红旗"嘉年华活动，是"新红旗"品牌同长春市政府联合举办的一场汽车文化盛宴，也是地方与央企紧密合作的典范，进一步展现了"新红旗"品牌坚持创新、敢于超越的品牌特质，使"新红旗"年轻化、活力化的品牌形象深入人心。

2019年8月31日，中国第一汽车集团有限公司与新华通讯社在北京签署战略合作协议，国家级通讯社助力国车腾飞，共同致力于打造中国自主汽车品牌标杆和国际上的"中国汽车名片"，借助新华社全球化的传播资源，围绕"新红旗"、新时代的新使命，推出集成化、一键式的传播专案，增强"新红旗"在国内外的影响力和知名度，共同培植"新红旗"成为世界级的"中国汽车名片"。这次合作主要集中于助力"新红旗"品牌做大、做优、做强。"新红旗"品牌依托新华社国家级平台进行常态化推广，打造专属"红旗"的现象级品牌IP，提高"新红旗"品牌在全球的美誉度和影响力。此外，双方倾力打造专属"红旗"品牌的新华·"红旗"融媒体中心，培养汽车领域的优秀传播人才，充分向外界展示"新红旗"品牌的精神和内涵，为新时代"红旗"振兴营造良好的传播环境。

2019年9月10日，"2019法兰克福车展"在德国隆重举办，"新红旗"品牌首次登陆法兰克福参展，并带来了两款代表"红旗"品牌最新技术和最新创意设计的车型——"红旗"S9 和"红旗"E115 概念车。"新红旗"品牌登陆法兰克福车展，对外展现品牌建设成果、智能科技、生态布局及重磅车型，是"新红旗"在实现品牌国际化上举足轻重的一步，是中国汽车向世界展现中国品牌魅力的重要时刻，彰显了中国汽车品牌自信和工业成就，助力提升中国汽车品牌价值和市场营销。

"红旗"还通过参与音乐晚会、车友俱乐部、航空航天展等活动，全方位、立体式助力民族品牌的复兴与传承。

纵观 2019 年，"新红旗"品牌通过 IP 塑造、文化加持、用户群体形象塑造、科技实力传播等诸多方式，在品牌塑造上频频发力，在中国和世界这个广阔的舞台上大"秀"时尚，从而获得了巨大的品牌效应和市场认可。"新红旗"品牌通过持续的品牌创新活动复兴品牌形象，让品牌声誉度大幅提升，把"新红旗"品牌塑造推向新的高度。

## 精彩"旗"迹

2020 年 1 月 8 日，中国一汽"红旗"品牌盛典暨 H9 全球首秀在人民大会堂隆重举行。正是在这次盛典上，发布了"红旗"品牌新战略，开启了新时代"红旗"振兴的宏伟篇章。

"新红旗"紧紧围绕新时代、新发展的理念，牢牢把握民族之运、民众之运、产业之运、"红旗"之运。为新时代中国汽车工业增添了鲜艳而亮丽的风采。这次品牌盛典，全方位、立体化展示了"红旗"品牌战略实施以来取得的各项成就。"新红旗"在品牌塑造、造型创意、产品研发、技术创新、品质质量、营销服务等诸多方面取得了举世瞩目的成就，"新红旗"销量再攀高峰——突破 10 万辆大关。同时，第三方调研数据表明，"新红旗"品牌已经成为中国汽车行业最受欢迎的高端汽车品牌。"新红旗"的奋发有为，一次又一次书写了精彩"旗"迹。

这次"红旗"品牌盛典，重点展示"新红旗"自 2018 年品牌战略发布以来的辉煌成就，描绘未来发展蓝图。同时，"红旗"H9 开启的全球首秀，树立了当代中国汽车产业 C+ 级车的全新标杆。

"首秀""红旗"H9 豪华旗舰轿车，具有五大超越创新，奠定了新时代新红旗的设计灵魂，拥有九大顶级技术，奉献给客户专属的愉悦体验，尊享极致驾乘乐趣。"红旗"H9 还将命名在世界最大幅宽的亚米遥感卫星上，寓意着"红旗"H9 直飞九天，闪耀星空，展示了新品牌战略发布以来强大的技术实力和品牌发展成果，同时，也将是"新红旗"品牌科技创新、引领新时代的重要象征。

"新红旗"品牌盛典以三个篇章依次展开，第一篇章为致敬新时代，以多种形式呈现"新红旗"所取得的成绩；第二篇章为礼赞新时代，以"新红旗"精神所秉承的理想信念讴歌新时代；第三篇章为创领新时代，以"新红旗"的创新战略，响应中华民族伟大复兴的中国梦。盛典活动再次点亮"新红旗"品牌的高光时刻，开启了新时代"新红旗"的新征程。

品牌盛典现场，"新红旗"宣布，其将作为中国国家女子排球队主赞助商、中国国家女子排球队官方合作伙伴、中国国家女子排球队官方用车，双方携手，不断超越，走向更远的冠军之路。

新时代"新红旗"将携手不同行业，强势破圈，实现品牌非凡跨越，助推品牌年轻化、活力化，通过打造中国符号，礼赞新时代。坚决把"新红旗"这个曾让国人魂牵梦绕的"民族品牌""国家名片"塑造得更加辉煌，让正能量更加爆发，让丰富的内涵更加精彩，让鲜明的形象更加夺目。

"红旗"品牌回归，精彩"旗迹"，使中国轿车工业展翅腾飞，呈现出一派"风展红旗如画"的喜人景象。未来，新红旗将执"情怀、洞见、勇气、谦敬"之原则，行"创新、跨越、引领、合作"之能事，不负初心、不负时代、不负期望，砥砺奋进、勇毅前行，与一汽一道向着新的伟大时代、伟大梦想扬帆起航。


## 铸牢一汽"根"和"魂"


2020年7月23日，习近平总书记视察一汽时指出："把民族汽车品牌搞上去。"这句话深深地印在了每一个一汽人的脑海中，"解放"作为民族品牌，更应该承担这份责任和使命。

民族品牌是中国参与国际市场竞争的制胜法宝，承载着中华民族的发展自信。习近平总书记的重要指示，不仅仅是针对一汽的品牌，而是所有的民族品牌，这其中蕴含着期待，更体现出要求。一汽是中国汽车工业的"摇篮"，"解放"是一汽的"根"。作为新中国汽车工业的拓荒者、见证者、引领者，"解放"是民族汽车品牌当之无愧的代表，承载着全国人民的期待。一汽解放公司更是义不容辞、冲在前面。不论是从地位还是从发展水平来看，一汽解放公司都具备把民族品牌搞上去的前提条件。把一汽解放公司的事业干好了，是中国汽车工业的骄傲，是中国人民和中华民族的骄傲。所以,一汽从全局的高度、国际的视野充分认识到"解放"作为民族汽车品牌所肩负的责任。

"把民族汽车品牌搞上去",是做好"解放"事业的根本保证,是被实践所反复证明的宝贵经验。习近平总书记在一汽的重要讲话,进一步为"解放"的发展指明了前进方向、明确了思路举措、注入了强大动力。一汽解放公司正是抓住了当前新一轮科技革命和产业变革给发展民族品牌带来的重大历史机遇,坚定不移地加强自主创新,在核心技术上取得更大突破,将自身发展融入国内国际双循环和相互促进的新发展格局之中,不断提升在国际市场和商用车产业链中的地位,实现高质量发展,在激烈的国际竞争中加油鼓劲,为实现汽车强国梦贡献"解放人"的力量。

贯彻落实习近平总书记视察一汽重要指示精神,提高认识是前提,落到行动是关键。一汽解放公司想把"解放"品牌搞上去,早日实现"世界一流"的目标。变革是一汽解放公司的生命工程,是企业由大到强、由粗放到精细、由"中国第一"到"世界一流"的必由之路。一汽解放公司拿出了"不破楼兰终不还"的劲头,以更大勇气投入变革,下更大力气推动变革。紧盯目标,直面技术、产品、管理等方面的痛点和压力,以业务本质为主,做好体系协同,创造条件推动变革成功。

　　技术领先是一汽解放公司的领航之道，也是制胜未来的关键法宝。要持续保持这种竞争优势，把创新作为企业发展的第一动力，特别是要加强核心技术攻关。在实现"世界一流"的过程中，一汽解放公司就要与欧美品牌在世界市场正面交锋，不掌握核心技术，发展的根基就不稳固，随时可能被别人扼住咽喉。因此，一汽解放公司始终把自主核心技术放在创新驱动的突出位置，下大力气攻克"卡脖子"问题。

　　全力突破海外市场是中国汽车工业走向世界的长远之计，作为长期以来一直存在的短板和弱项，海外突破是一汽解放公司"十四五"着力解决的问题。一汽解放公司没有满足于在国内市场的领先，而是制定国际化的发展战略，只有通过了海外市场的验证，才能真正称得上"世界一流"。

　　当前，汽车产业正经历新的历史变革，数字化、智能化已成为汽车行业发展的新趋势，以数字化转型来应对当前划时代的变革，已经成为整个行业的共识。在数字化转型的赛道上，谁能够跑在前面，谁就能在未来的竞争中占得先机。在转型升级的过程中，一汽解放公司已经加快步伐，不断更新。

　　探索完善新业态布局是一次变革性的行动。面向未来，在新能源、物联网、人工智能等革命性新技术的驱动下，全球产业正在进行着一场翻天覆地的革命。一汽解放公司紧紧把握行业发展规律，在新业态下转型升级，从面向世界、面向未来的战略高度来打造"解放"品牌和技术创新，推动新产品研发和企业的转型升级。

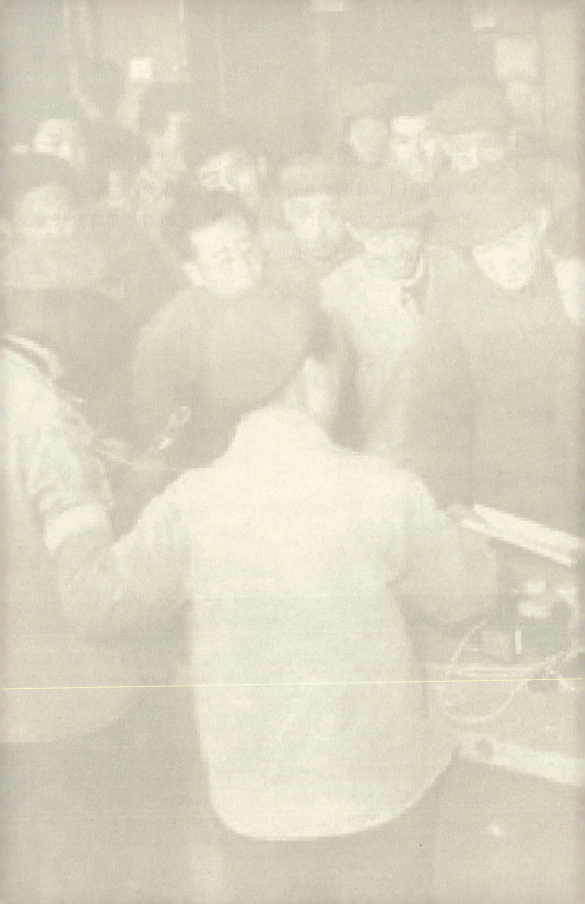

# 第十五章

## 致敬『摇篮』

党的十八大以后，中国特色社会主义进入新时代。新时代这十年，我国各项事业阔步前行。吉林省贯彻"创新发展、协调发展、绿色发展、开放发展、共享发展"理念，推进吉林省全面振兴全方位振兴，举全省之力支持一汽建设世界一流企业，使一汽在"摇篮"中茁壮成长。

新时代的 10 年，中国汽车工业的发展令人惊叹，无论是作为新中国汽车工业"摇篮"的吉林省，还是作为"共和国长子"的一汽都在践行高质量发展。一汽在这十年书写了辉煌篇章，取得了骄人的业绩，多次受到党中央和国务院的表彰。吉林省汽车产业配套的企业也有了长足的进步，占吉林省工业经济的比重越来越大，汽车的生产和销售拉动了地方经济，吉林省也为一汽创造了良好的发展环境，可谓相得益彰。吉林省和一汽干部群众始终牢记习近平总书记视察吉林和一汽时的殷殷嘱托，把推动我国汽车制造业高质量发展的使命牢牢地扛在肩上，把"摇篮"精神发扬光大。

## "长子"的光辉模样

党的十八大以来的 10 年间，一汽实现了跨越式发展，各项事业呈现出新的突破，精彩纷呈，风光无限。作为"共和国汽车工业的长子",一汽取得的所有辉煌业绩,充分发挥了"长子"的地位作用,体现了"长子"的使命担当,做出了"长子"的成绩贡献,出色地展现了"长子"的形象。

这10年,是我国汽车产业重要战略机遇期,在由大变强的新赛道上实现了高质量发展。一汽在这10年中铸就了新的辉煌,实实在在地成长为具有全球影响力、竞争力的国有特大型汽车企业集团。

吉林省立足新发展阶段,贯彻新发展理念,积极服务企业和融入新发展格局,牢牢把握新时代高质量发展鲜明主题,支持一汽向着打造世界一流企业目标奋勇前进,努力开创一条新时代中国汽车产业创新发展的新道路,使企业高质量发展迈出新步伐、跃上新台阶。一汽立足党中央发展壮大国有经济的决策部署,紧密联系做优、做强、做大国有企业的形势任务,坚决用新时代党的创新理论引领企业高质量发展,树立民族汽车品牌,打造世界一流企业。

按照党中央提出的"培育具有全球竞争力的世界一流企业"要求,深入研究全球汽车产业"颠覆式"转型升级大环境和国有企业改革发展基本规律,紧扣中国一汽的实际情况,创新制定实施"831"战略、"3341"行动计划和"十四五"发展规划纲要。计划到2025年,一汽将奋力实现收入过万亿元、销量650万辆、利润700亿元目标,基本建成世界一流汽车企业主体工程，着力开创新时代中国汽车产业转型发展新格局，走出一条新型绿色智能发展的新道路；到 2030 年，基本实现打造"技术领先、产品卓越、品牌卓著、创新驱动、人才辈出、先锋文化、数智孪生"的世界一流企业宏伟目标。

10 年来，一汽着力把"红旗"打造成"中国第一、世界著名"的新高尚自主乘用车中国品牌，全力实施"高尚品牌、高新技术、高端产品、高精品质"策略。一汽总部直接运营红旗品牌，广聚全球顶尖人才，构建全球先进研发体系，突破了一批关键核心技术，打造了一批卓越明星产品，建设了世界级优秀制造基地，强力推进"红旗"发展进入快车道，向世界展现一抹"中国红"。

## "摇篮"的家国情怀

秉持"产业报国、工业强国"的家国情怀，一汽着力把"红旗"打造成"中国第一、世界著名"的新高尚品牌，聚焦主责主业，使民族汽车品牌跃然成长。持续巩固扩大"解放"品牌行业领先优势，聚焦产品领航主线，坚持创新和变革"双轮"驱动，以满足客户需求为核心，大力强产品、铸品质、优服务、聚生态；快速布局新能源、车联网等新业态，加速向"智慧交通运输解决方案领航者"转型。2021年，"红旗"销量突破30万辆，创造了销量4年多时间增长63倍的汽车产业奇迹，成功跻身国内豪华品牌第一阵营；品牌价值达1036亿元，位列国内行业乘用车自主品牌行业第一名。这些成就的取得，充分体现了作为"新中国汽车工业摇篮"的担当和大国情怀。

2020年，一汽"解放"成功登陆国内资本市场，市值位列国内商用车企业第一。2021年，"解放"销量达到44万辆，中重型卡车销量全球"五连冠"、重卡销量全球"六连冠"，形成了中重型卡车行业绝对第一、轻型车增速第一、海外市场高速增长的新局面，用实力与进口品牌和合资品牌竞争，持续捍卫了民族汽车品牌的荣耀与尊严；品牌价值达1078亿元，位列国内商用车品牌行业第一。

2020年11月，国务院办公厅印发《新能源汽车产业发展规划（2021—2035年）》，要求深入实施发展新能源汽车国家战略，加快建设汽车强国。一汽紧跟国家战略，在吉林省的大力支持下，先行先试，引进研发。"红旗"新能源已遍布大江南北，2022年"奥迪"新能源车重磅推出，其中"奥迪"Q4SUV作为首款新能源车耀眼登场，随之开发的"奥迪"A6新能源车等系列，以全新的姿态投向市场并受到好评，并为绿色生态、环保做出贡献。

中国一汽胸怀"国之大者"，主动融入服务国家战略全局，取得了令人瞩目的成绩。聚焦全面建成小康社会，服务地方经济建设，中国一汽坚定扛起脱贫攻坚重大政治责任，以文化扶贫、基建扶贫、产业扶贫、教育扶贫、消费扶贫等，促进帮扶地区精准脱贫。2012年以来，一汽先后派出一批优秀挂职干部，累计投入扶贫资金15.7亿元，聚焦"两不愁三保障"实施270余个帮扶项目，建成"一汽小镇"11个。持续开展协助帮扶地区实施林下经济、设施农业等特色产业项目；设立红旗扶贫梦想基金，在红军长征路沿线开展教育扶贫；常态协助帮扶地区营销特色产品；接续实施中国一汽促进乡村振兴"十四五"规划等。2020年5月，一汽定点帮扶及对口支援的5个国家级贫困县全部提前脱贫摘帽。2021年，中国一汽被党中央、国务院授予"全国脱贫攻坚先进集体"称号。

一汽积极践行"一带一路"倡议，融入"构建以国内大循环为主体、国内国际双循环相互促进的新发展格局"，加快"走出去"战略步伐，着力用好"两个市场""两种资源"。

一汽加快海外市场战略布局，在坦桑尼亚、南非、巴基斯坦等国家先后建成16个国际产能合作项目，海外业务覆盖85个国家和地区，中国一汽南非库哈工厂项目入选中国 2022 "一带一路"企业建设案例。

通过深耕"一带一路"重点市场,"红旗"品牌先后登陆挪威、阿联酋、沙特等市场,受到当地用户广泛好评;"解放"品牌在南非、肯尼亚、坦桑尼亚等多个市场,保持行业出口领先地位。一汽还积极开展海外公益实践,在南非支持当地开展教育、医疗、防疫等工作,在沙特阿拉伯、柬埔寨等地开展关爱自闭症儿童、关注女性权益等公益活动,用中国品牌向世界诠释了开放诚信共赢的中国形象,展示国企的社会责任和担当。

党的二十大为国家发展擘画了蓝图、指明了方向。一汽以党的二十大精神为指引,牢记习近平总书记嘱托,在吉林省委、省政府的支持下,在全体一汽人的共同努力下,深入学习贯彻新时代党的创新理论,坚持和运用好贯穿其中的立场、观点、方法,进一步深刻领悟"两个确立"的决定性意义,增强"四个意识"、坚定"四个自信"、做到"两个维护",坚决在思想上、行动上同以习近平同志为核心的党中央保持高度一致,坚决贯彻落实党中央各项决策部署。坚持立足新发展阶段,贯彻新发展理念,构建新发展格局。不断提高企业发展的前瞻性、科学性、主动性,扛起"共和国长子"的政治使命和社会责任。

# 风景这边独好

2020 年 7 月 23 日，习近平总书记来到一汽研发总院，一句充满深情的赞誉："你们今年的发展，风景这边独好"，让迅猛发展的一汽和"红旗"品牌再一次处于高光之下。过去 10 年，一汽在党中央的坚强领导下，特别是近 5 年来，在吉林省委、省政府的鼎力支持下，企业改革发展取得了一系列进步和成就，特别是生产经营呈现出喜人景象。销量、收入、利润持续取得佳绩，分别从 2017 年的 334.6 万辆、4698.9 亿元增长到 2021 年的 350.1 万辆、7057 亿元，成为大型汽车企业集团高质量发展的领头羊。

制定实施《创新·2030 中国一汽"阩旗"技术发展战略》，构建全球化研发布局和技术创新体系，着力打造科技创新生态联盟。持续加大创新投入，自主品牌研发投入强度从 2017 年的 1.1% 提升到 2021 年的 6.4%，红旗品牌研发投入强度达到 15% 左右，处于行业前列。五年来，累计突破 328 项关键核心技术，其中多项成果打破国外技术垄断；累计申请专利 12949 件，其中发明专利 6302 件，2020 年专利公开量行业第一，2021 年专利授权量全行业第一。

"红旗"品牌明确打造"中国第一、世界著名"愿景目标，2021 年销量突破 30 万辆，创造了 4 年多时间增长 63

倍的产业奇迹。"解放"品牌明确打造"中国第一、世界一流"商用车愿景目标，业绩骄人，进一步铸牢了"红旗是魂，解放是根"。

常态实施"四能"改革，圆满完成国企改革三年行动主体任务。在具备条件的子企业积极推进混合所有制改革，"处僵治困"工作取得成效，拔除了一些长期重大亏损的"钉子"。2021年被国资委改革领导小组选为"央企改革先进典型"。

实施人才强企战略，五年来共引进人才14000余人，任用首席科学家等技术人才5400余人、首席技能师等工匠人才290余人，员工薪酬年均增长6.3%。创建"两卡一网"（成长关心卡、健康关爱卡，生活关怀网）数字化服务平台，创建一汽大学堂，创立劳模创新工作室，广大干部员工成就感、获得感和幸福感持续增强。

制定发布中国一汽先锋文化理念，阐明企业把握新规律、直面新挑战、抢抓新机遇、实现新发展的精神文化理念和基本工作准则，引导全员勇当打造"世界一流汽车企业、振兴中国汽车产业"的时代先锋。扎实推动先锋文化落地生根，广大干部员工进一步焕发出创新创造、奋发奋进的昂扬斗志。

绿色发展对中国汽车产业来讲，既是责无旁贷，又是内在要求。一汽带头践行"双碳"行动，加快发展新能源智能汽车，推行绿色制造、狠抓节能降耗，特别是一汽新能源"红旗"车发展势头强劲。据统计，仅 2023 年 1—5 月，"红旗"新能源累计销售 25389 辆，同比增长 339%。在中国一汽成立 70 周年之际，新能源车又一次交出完美的答卷。

一汽还将实施电动、插电式混合动力和氢燃料电动化战略，加码新能源汽车赛道。以助力国家加快构建绿色低碳循环发展经济体系，为推进美丽中国建设贡献产业力量。

中国汽车产业牢记产业责任，积极履行社会责任，加快高质量发展步伐，以极致产品和极致服务持续满足广大用户对美妙出行、美丽体验、美好生活的需求，为壮大国家综合实力、增进人民群众福祉做出了新时代、新征程的产业贡献。

## 越擦越亮的品牌

一汽牢记产业报国、工业强国、强大中国汽车产业的初心使命，充分发挥中国汽车市场规模巨大、换新快的优势，抓住全球汽车产业深刻转型的时机，用创新发展的新思路、新战略、新举措开创新时代中国式汽车产业创新发展新道路，闯出一条新时代中国汽车产业由大到强的新路子，为建设汽车强国、制造强国做出应有贡献。

一汽以坚决贯彻《关于加快建设世界一流企业的指导意见》为指引，深入实施"十四五"时期"11245"发展规划，努力开创引领新时代中国汽车产业转型发展新格局，计划到 2025 年，实现收入过万亿元、销量 650 万辆、利润 700 亿元目标，基本建成世界一流企业主体工程；规划到 2030 年实现建成世界一流企业目标。一汽要实现的世界一流，不仅是规模的一流，还是质量效益的一流，更是创新能力、核心竞争能力、可持续发展能力、综合实力的一流。

一汽强化科技创新战略支撑作用，坚定实施《创新·2030 中国一汽"阡旗"技术发展战略》，持续完善全球化研发布局和技术创新体系，打造原创技术策源地，掌握技术进步和产业发展主动权。加快突破关键核心技术，大力实施重大专项技术攻关计划，优化完善科技创新高效组织管理体系，持续加大研发资金投入，努力在电动化、智能网联化、驾乘体验化、安全健康化、系统集成化等技术领域取得更多突破性成果，并解决好"卡""堵"问题。加快科技成果转化应用，投放一大批引领行业发展、引爆市场消费的卓越产品，以科技自立、自强为企业高质量发展提供澎湃动力。

　　一汽大力实施民族品牌发展战略，加快成长步伐，坚决擦亮"红旗""解放"两块金字招牌，着力"培根铸魂"，坚决做好奔腾品牌，奋力走出一条新时代中国民族汽车品牌超越发展之路。其中，"红旗"品牌"十四五"时期进入世界一流高端品牌第一阵营，成为"中国第一、世界著名"新高尚品牌；"解放"品牌持续巩固扩大行业领先优势，加速向"智慧交通运输解决方案提供者"转型，成为"中国第一、世界一流"商用车品牌。"红旗"车已研发生产出多种车型，以"中国式新高尚精致主义"为品牌理念，是中国强国品牌 100 品牌之一，同时实现了"国车"向"国民车"的转变。

　　一汽积极开拓海外市场，加快构建新发展格局。深入践行"一带一路"倡议和"走出去"战略，把握建设世界一流企业基本规律，用好用足国内和国际两个市场、两种资源，加快拓展海外高端汽车市场，持续完善全球化汽车产业链布局，着力打造一体化海外业务运营体系，不断为全球消费者提供极致产品和服务，奋力擦亮世界汽车舞台的中国名片。

# 尾 声
End

　　一汽从诞生之日起，一直与吉林省风雨同舟，"从0到1"的突破、"从1到n"的进展……一直与吉林省荣辱与共，一汽对吉林省汽车工业振兴发展和支撑地方经济建设至关重要。吉林省举全省之力支持一汽发展，提供最优服务，以最实在、最具体的政策举措支持一汽，积极围绕配套产能延伸产业链条，营造浓厚的改革创新氛围，为一汽发展加油助威、注入强大正能量。一汽与吉林省互助共赢，吉林省成为一汽的坚强后盾。

　　2020年7月23日下午，正在吉林省考察的习近平总书记来到中国一汽集团研发总院，走进实验室了解企业技术研发情况，并察看了"红旗"等自主品牌的最新款式整车产品。习近平总书记指出，看了一汽技术创新和自主品牌建设成果展示，感到眼前一亮。站在一汽一线工人和技术人员中间，习近平总书记深情赞誉："整个制造业的竞争很激烈，有危更有机，在一汽我们就看到了这样的一个前景。你们今年的发展，风景这边独好。"总书记的亲情话语，点亮了一汽品牌，肯定了一汽成就，鼓起了一汽的干劲。

中国一汽作为中国汽车工业的骨干企业之一，至今已有70年的历史，回顾中国一汽的发展历程。可大致分为几个时期。一是创业成长期（1953—1978年）。中国汽车工业正处于起步阶段，技术和设备水平都相对较低。中国一汽在这个时期主要从苏联引进技术和设备，开始了集装式汽车的生产。1956年，中国一汽成功生产出第一辆CA10型卡车；1958年，第一辆"红旗"轿车试制成功，标志着中国汽车工业的起步。二是改革转型期（1978—2012年）。改革开放以后，中国汽车工业迎来了快速发展的机遇。中国一汽在这一时期积极引进国外先进技术，标志着中国汽车工业进入了一个新的发展阶段。三是创业发展期（2012年至今）。1999年，中国加入世界贸易组织（WTO），中国汽车市场进一步开放。中国一汽在这一时期积极引进国外先进技术和管理经验，加大自主创新力度。2001年，中国一汽推出了自主品牌"奔腾"，取得了一定的市场成功，标志着中国一汽自主品牌发展进入新阶段。进入21世纪，中国汽车工业面临着新的挑战和机遇。中国一汽积极响应国家号召，加大技术创新和转型升级力度。2017年，中国一汽与大众汽车集团签署了战略合作协议，共同推动电动汽车和智能网联汽车的发展。2019年，中国一汽成为中国首家实现年销售量超过300万辆的汽车企业。除了产品创新和技术进步，中国一汽还积极开展社会责任和可持续发展方面的工作，致力于环境保护和资源节约，推动绿色制造和绿色出行。中国一汽发展历程见证了中国汽车工业的发展和进步。从成立初期到现在，中国一汽始终坚持创新和自主发展，不断提升产品和技术水平，为中国汽车工业的发展做出了重要贡献。相信在未来的发展中，中国一汽将继续保持创新和进取的精神，实现更高水平的发展。

一汽的成长壮大，倾注了几代一汽人的诸多心血，织就着几代一汽人激情燃烧的难忘岁月。经过几代人的创新、奋斗，如今以精益生产、智能化、绿色发展为核心的"红旗"工厂，站在汽车制造领域的最前端，已经从过去的追赶者，快速跃进成为中国汽车智能制造的创新者与引领者。一汽人牢记习近平总书记的教导，在探寻汽车产业未来之路上不断创新，在勾勒高质量发展道路上阔步前行，承载着几代人的梦想，带领百姓向幸福出发。

一切为了消费者，一切服务于消费者，一切谦敬于消费者——这就是新时代新一汽人的首要原则，是每一个一汽人的言行准则，把一汽打造成为"中国第一、世界著名"的"新高尚品牌"，满足消费者对新时代"美好生活、美妙出行"的追求，肩负起历史赋予的强大中国汽车产业的重任。

一汽人执着追求，锐意进取，容纳历史与现实，释放理性与情感。用坚韧和智慧向世界洋溢满腔的热情，用科技和人性力量打造令全球瞩目的品牌。一汽人仍然会一如既往地肩负起汽车工业发展的重任，高擎"红旗"，加速走在前列，要以共创、共享、共赢的开放姿态，唱响"绿色、互联、智能"主旋律，与所有合作伙伴一道，共同打造强强联合、优势互补、融合共进、加速发展的新业态，中国一汽必将驰骋全球。

2021年6月6日，吉林省委、省政府支持中国一汽创建世界一流企业大会在长春召开。吉林省委强调，要深入贯彻习近平总书记视察吉林和一汽重要讲话和重要指示精神，举全省之力坚定支持一汽做强做优做大，政企携手加快走出汽车产业发展新路，为吉林振兴发展注入新动能、打造增长极。支持一汽创建世界一流企业，是感恩回报习近平总书记殷切期望的使命担当，是推动新时代吉林振兴率先实现新突破的战略选择，是弘扬改革创新、敢为人先时代精神的实际行动。立足全局、把握大势、站高谋远，全面增强支持一汽、服务一汽、振兴一汽的政治自觉、思想自觉、行动自觉。优化环境、提升服务、互助共建，坚持目标同心、产业同心、品牌同心、创新同心、合作同心、服务同心，统筹推进长春建设世界一流汽车城，大力实施支持一汽发展政策举措，全天候、零距离、专班化提供服务，努力营造关心和支持一汽改革发展的浓厚氛围。共同谱写民族工业强势崛起和吉林振兴发展率先突破的光辉新篇章。推动吉林产业结构持续优化、实体经济不断壮大，进一步提升制造业发展水平。

中国一汽锚定目标、勇立潮头、全面突破，今天的中国一汽要紧跟汽车产业电动化、网联化、智能化、共享化时代浪潮，重点聚焦制约汽车高质量发展的"卡脖子"关键核心技术，加强与高校院所、重点企业合作攻关，着力激活创新链、重塑产业链、培育品牌链，积极抢占产业发展制高点；围绕"一主六双"产业空间布局，持续深化"五个合作"，进一步聚资源、引人才、落项目，构建涵盖研发设计、整车及零部件制造、市场服务的现代产业体系；大力实施品牌战略，让"红旗""解放""奔腾"等民族品牌走出国门、享誉世界；大刀阔斧推进改革，敞开胸襟开放合作，不断增强创新发展内生动力，中国一汽规划到2025年自主创新能力达到世界比较先进水平，到2030年建成世界一流企业，进入全球500强企业前50位，全球汽车企业前5名，自主品牌汽车进入全球前三甲。

长春市以地方优势支持一汽创建世界一流企业，全力建设世界一流汽车城。要以汽开区为龙头，带动朝阳、绿园、宽城、公主岭，构建世界级行走工业走廊。汽车产业被誉为现代工业体系的明珠，产业规模大、产业链条长、辐射带动力强。

在长春国际汽车城，一汽红旗新能源汽车工厂、解放J7智能工厂、奥迪一汽新能源汽车工厂等先进整车项目快速实施；一汽弗迪动力电池、玲珑轮胎、富赛汽车电子工业园等核心零部件项目加快落位、加快建设、加快投产，核心零部件企业就近配套态势日趋明朗。一汽更与长春国际汽车城联手，面向域外供应链企业，共同推动"六个回归"，仅2021年，就有30余家域外配套企业确定回归。

吉林省的吉林、四平、辽源、松原等城市，与长春空间距离近、产业协作强，在化工、新材料、新能源等领域与长春汽车产业有着高度的互补性。

吉林市以专业化、差异化分工协作为导向，着力发挥产业协同效应，积极推动吉林市化工、碳纤维产业与汽车、装备制造业融合发展。

四平市帮助企业引进的30多个项目正快速实施，华凯比克希、众恒车辆等企业正深化与长春主机厂的沟通协作，推动共赢发展。

辽源市吉林启星铝业有限公司、富奥汽车零部件股份有限公司泵业分公司等正依托"六个回归"扩大与汽车产业的配套合作，两市供应链、产业链协作配套进一步密切。

百公里汽车配套圈，正成为吉林省落实"一主六双"高质量发展战略的有力抓手，成为吉林汽车产业延链、固链、补链、强链，努力增强产业链强度、韧性，加快建设"双一流"的强大支撑。

一汽不单是产业风景，也是国家级工业旅游示范基地。步入汽开区东风大街，一幢幢枣红色"大屋檐"楼房映入眼帘，翘檐斗拱出椽、红砖绿檐灰瓦相映，吸引着游人寻访历史的印记。除了街区的民居建筑，一汽厂房同样也保留了年代记忆。漫步在宽阔整洁的厂路间，高大的老厂房在两侧绵延，斑驳却不失雄伟。每路过一次车间，依然能想象出半个多世纪前这里热火朝天的工作景象。青石的地面留下了时间的纹理，历史的年轮滚滚向前。这些老厂房折射了新中国汽车工业波澜壮阔的创业史、奋斗史、发展史。几十年的风雨洗礼，使一汽厂区成为了解新中国汽车发展历史、体验现代化汽车生产过程、感受汽车文化的新兴工业旅游区。一汽红旗文化展馆，真实地再现了红旗品牌的创业故事，是中国汽车工业和中国一汽发展历程的一个缩影。展馆坐落于一汽奔腾轿车有限公司，是中国第一家以汽车品牌命名，展示产品发展、企业沿革及人文精神的文化展馆。展馆内陈列着"红旗"品牌自创始以来，各个阶段所生产的代表车型、不同时期的检阅车，以及大量珍贵的史料文件。

吉林省是新中国汽车工业的"摇篮"，长春市是一座充满机遇的"国际汽车城"。每年都会举办盛大的中国（长春）国际汽车博览会等各类与汽车产业相关的交流活动，吸引着全国乃至世界车迷的目光。长春汽博会见证了中国汽车工业的欣欣向荣和中国汽车市场的迅猛发展，成为中国汽车产业不断发展的缩影。长春汽博会不仅仅是一个单纯的行业展会，更是一场文化盛宴，延续着汽车城的城市历史文脉，坚守着传承与创新，为长春特有的汽车文化注入新鲜血液。

全力支持一汽发展建设，吉林省依托长春国家先进制造业集群建设，实施汽车产业集群"上台阶工程"，重点支持一汽、服务一汽、配套一汽，加快整车、零部件、后市场链条协调发展、全面提升。瞄准打造全链条汽车业态，推动电池、电驱等关键核心技术和高附加值零部件项目落户长春，打造核心配套商集聚地，提升本地配套率。吉林相关企业也抢抓吉林汽车产业发展机遇，把投资项目向一汽倾斜汇聚，共同开创合作共赢新局面，携手支持一汽建设世界一流汽车企业，支持长春建设世界一流国际汽车城。

如今，站在"两个一百年"奋斗目标的历史交汇点上，面对"百年未有之大变局"，吉林省与一汽将不忘报国初心，牢记"摇篮"使命，进一步加强创新、协同、合作，共同应对汽车产业发展理念转变、技术进步、格局变化，加快推动吉林省经济全面振兴全方位振兴。在今后的"产业报国、工业强国"的道路上，继续风雨同舟，砥砺前行，奋力开创中国汽车工业的美好未来！

在本书创作过程中，得到了国家图书馆、国家信息中心、国家机械工业信息研究院、《共和国日记》编委会、吉林省图书馆、长春市图书馆、一汽党委宣传部、一汽档案馆等单位的大力帮助，在此谨一并致谢！

[1] 程继隆. 真情采写一汽人 [M]. 长春：时代文艺出版社，2001.

[2] 中国第一汽车集团公司. 第一汽车五十年大事记（1953—2003）[Z]. 长春：内部资料，2003.

[3] 中国第一汽车集团有限公司. 风华正茂的岁月：在莫斯科李哈乔夫汽车厂实习的日子 [M]. 长春：吉林人民出版社，2003.

[4] 程舒婷. 铁马奔腾：中国汽车走过的路 [M]. 长春：吉林音像出版社,2003.

[5] 全国政协文史和学习委员会. 一汽创建发展历程 [M]. 北京：中国文史出版社，2007.

[6] 中国第一汽车集团公司宣传部. 一汽记忆 [M]. 长春：东北师范大学出版社，2013.

[7] 齐艳民，王忠海. 一汽之道 [M]. 北京：机械工业出版社，2015.

[8] 中国第一汽车集团有限公司 . 一汽解放（1977—1989）[Z]. 长春：内部资料 .

[9] 董姝妍 . 长春一汽战略变革研究 [M]. 北京：中国纺织出版社 ,2018.